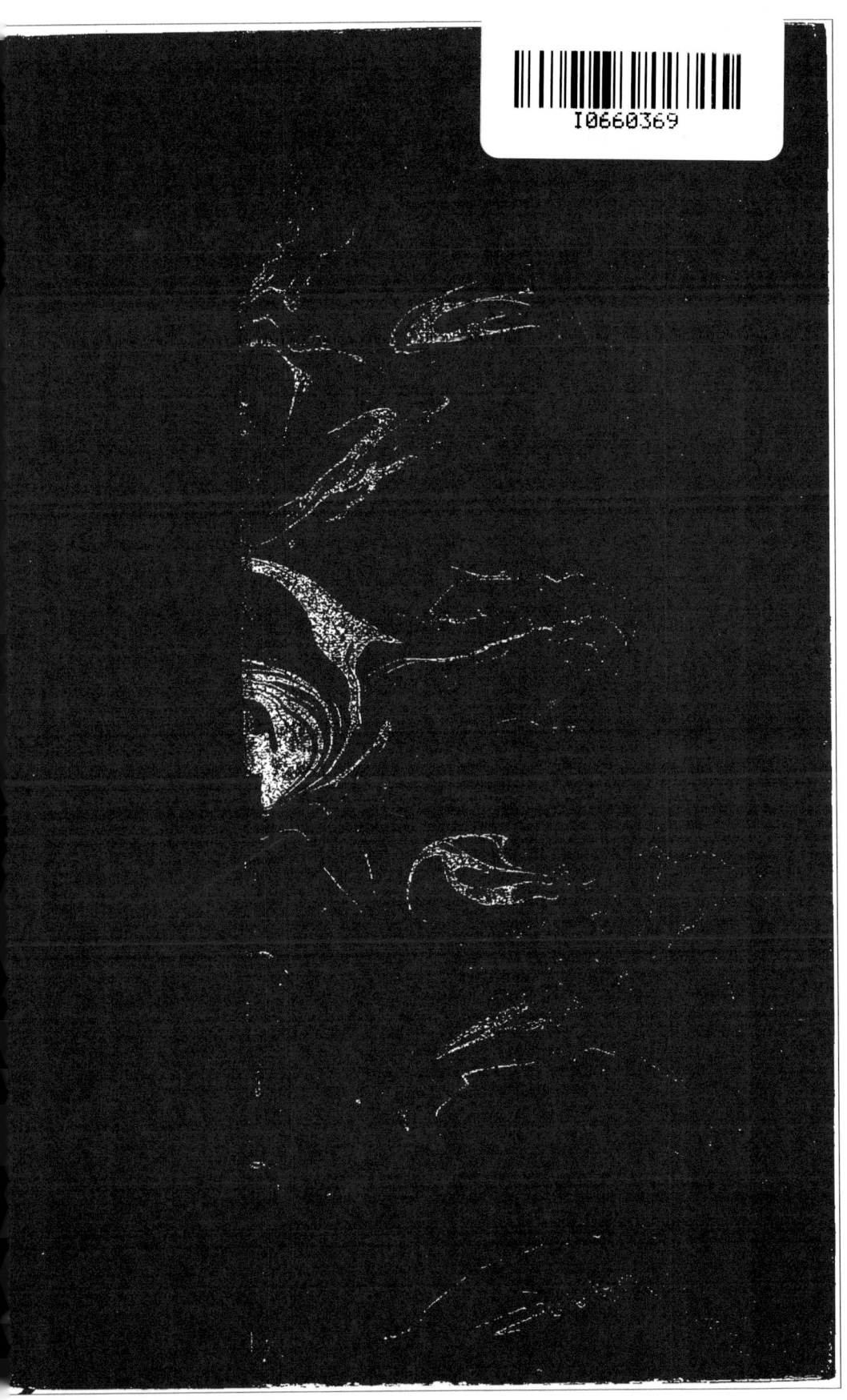

À l'ami Villiers de l'Isle-Adam
Son bien dévoué

EN RADE

Ce volume a été déposé au Ministère de l'Intérieur (section
de la librairie) en avril 1887.

DU MÊME AUTEUR

MARTHE.

LES SŒURS VATARD.

EN MÉNAGE.

L'ART MODERNE.

A REBOURS.

A VAU-L'EAU.

CROQUIS PARISIENS.

En préparation

UN DILEMME.

IMPRIMERIE ÉMILE COLIN, A SAINT-GERMAIN

J.-K. HUYSMANS

EN RADE

PARIS

TRESSE & STOCK, ÉDITEURS

8, 9, 10, 11, GALERIE DU THÉATRE-FRANÇAIS

PALAIS-ROYAL

1887

---

*Il a été tiré à part, de cet ouvrage, 10 exem-
plaires sur papier de Hollande et 10 exemplaires
sur papier du Japon, numérotés à la presse.*

Nº

EN RADE

I

Le soir tombait; Jacques Marles hâta le pas;
il avait laissé derrière lui le hameau de Jutigny
et, suivant l'interminable route qui mène de
Bray-sur-Seine à Longueville, il cherchait, à sa
gauche, le chemin qu'un paysan lui avait indiqué pour monter plus vite au château de Lourps.

La chienne de vie! murmura-t-il, en baissant
la tête; et désespérément il songea au déplorable
état de ses affaires. A Paris, sa fortune perdue
par suite de l'irrémissible faillite d'un trop ingé-
nieux banquier; à l'horizon, de menaçantes files
de lendemains noirs; chez lui, une meute de

1

créanciers, flairant la chute, aboyant à sa porte
avec une telle rage qu'il avait dû s'enfuir ; à
Lourps, Louise, sa femme, malade, réfugiée
chez son oncle régisseur du château possédé par
un opulent tailleur du boulevard qui, en attendant qu'il le vendît, le laissait inhabité, sans
réparation et sans meubles.

C'était là le seul refuge sur lequel lui et sa
femme pussent maintenant compter ; abandonnés
par tout le monde, dès la débâcle, ils pensèrent
à chercher un abri, une rade, où ils pourraient
jeter l'ancre et se concerter, pendant un passa-
ger armistice, avant que de rentrer à Paris pour
commencer la lutte. Jacques avait été souvent
invité par le père Antoine, l'oncle de sa femme,
à venir passer l'été dans ce château vide. Cette
fois, il avait accepté. Sa femme était partie pour
la commune de Longueville sur les confins de
laquelle s'élève le château de Lourps ; lui, était
resté dans le train jusqu'à la station des Ormes
où il était descendu, dans l'espoir de recouvrer
quelques sommes.

Il y avait visité un ami, insolvab'e ou se disant tel, avait subi de chaudes protestations, d'incertaines promesses, essuyé en fin de compte un refus très net; alors, sans plus tarder, il s'était replié sur le château où Louise, arrivée dès le matin, devait l'attendre.

Il était torturé d'inquiétudes; la santé de sa femme égarait la médecine depuis des ans; c'était une maladie dont les incompréhensibles phases déroutaient les spécialistes, une saute perpétuelle d'étisie et d'embonpoint, la maigreur se substituant en moins de quinze jours au bien en chair et disparaissant de même, puis des douleurs étranges, jaillissant comme des étincelles électriques dans les jambes, aiguillant le talon, forant le genou, arrachant un soubresaut et des cris, tout un cortège de phénomènes aboutissant à des hallucinations, à des syncopes, à des affaiblissements tels que l'agonie commençait au moment même où, par un inexplicable revirement, la malade reprenait connaissance et se sentait vivre. Depuis cette faillite qui la jetait

au rancart, elle et son mari, sur le pavé, sans le
sou, la maladie s'était affilée et accrue ; et c'était
la seule constatation que l'on pût faire : l'abatte-
ment paraissait s'enrayer, les couleurs revenaient, les chairs devenaient fermes, alors qu'aucun sujet d'alarme ou de trouble n'existait ; la
maladie semblait donc surtout spirituelle, les
événements l'avançant ou la retenant, selon
qu'ils étaient déplorables ou propices.

Le voyage avait été singulièrement pénible,
traversé de défaillances, de douleurs fulgurantes,
de désarrois de cervelle affreux. Vingt fois, Jacques avait été sur le point d'interrompre sa
route, de descendre à une station, de faire halte
dans une auberge, se reprochant d'avoir emmené
Louise sans plus attendre ; mais elle s'était enté-
tée à rester dans le train et lui-même se rassu-
rait, en se répétant qu'elle serait morte à Paris,
s'il ne l'avait soustraite à l'horreur du manque
d'argent, à la honte des requêtes injurieuses et
des menaçantes plaintes.

La vue, auprès de la gare, du père Antoine

attendant sa nièce avec une carriole pour l'emmener et charger ses malles l'avait soulagé,
mais maintenant, harassé par la monotonie d'une
route plate, il s'abandonnait, obsédé par une
angoisse dont il reconnaissait l'exagération, mais
qui l'opprimait et s'imposait à lui quand même;
il redoutait presque d'arriver au château, de peur
de trouver sa femme plus souffrante ou morte.
Il se débattait, eût voulu courir pour dissiper
plus tôt ses craintes et il demeurait, tremblant,
sur le chemin, les jambes tour à tour alertes et
lentes.

Puis l'extérieur spectacle du paysage refoula
pour quelques minutes les visions internes. Ses
yeux s'arrêtèrent sur la route, cherchèrent à
voir et leur attention détourna les transes du
cœur qui se turent.

A sa gauche, il aperçut enfin le sentier qu'on
lui avait signalé, un sentier qui montait, en
serpentant, jusqu'à l'horizon. Il longea un petit
cimetière aux murs bordés de tuiles roses et
s'engagea dans un chemin creusé de deux or-

nières glacées par des fers de roues. Autour de
lui s'étendaient des enfilades de champs dont le
crépuscule confondait les limites, en les fonçant.
Sur la côte, au loin, une grande bâtisse emplissait
le ciel, pareille à une énorme grange aux traits
noirs et durs, au-dessus de laquelle coulaient
des fleuves silencieux de nuées rouges.

— J'arrive, se dit-il, car il savait que derrière
cette grange qui était une vieille église, se ca-
chait dans ses bois le château de Lourps.

Il reprenait un peu courage, regardant s'avancer vers lui ce bâtiment percé de fenêtres qui, se
faisant vis-à-vis au travers de la nef, flambaient
traversées par l'incendie des nuages.

Cette église noire et rouge, à jour, ces croisées
semblables avec leurs rosaces étoilées de filets
de plomb, à de gigantesques toiles d'araignées
pendues au-dessus d'une fournaise, lui parurent
sinistres. Il regarda plus haut ; des ondes cra-
moisies continuaient à déferler dans le ciel ; plus
bas le paysage était complètement désert, les
paysans tapis, les bestiaux rentrés ; dans l'éten-

due de la plaine, en écoutant, l'on n'entendait,
au loin, sur des coteaux, que l'imperceptible
aboiement d'un chien.

Une alanguissante tristesse l'accabla, une tristesse autre que celle qui l'avait poigné, pendant
la route. La personnalité de ses angoisses avait
disparu ; elles s'étaient élargies, dilatées, avaient
perdu leur essence propre, étaient sorties, en
quelque sorte, de lui-même pour se combiner
avec cette indicible mélancolie qu'exhalent les
paysages assoupis sous le pesant repos des soirs ;
cette détresse vague et noyée, excluant la réflexion, détergeant l'âme de ses transes précises,
endormant les points douloureux, lénifiant la
certitude des exactes souffrances par son mystère, le soulagea.

Parvenu en haut de la côte, il se retourna. La
nuit était encore tombée. L'immense paysage,
sans profondeur pendant le jour, s'excavait maintenant comme un abîme ; le fond de la vallée
disparu dans le noir semblait se creuser à l'infini, tandis que ses bords rapprochés par l'ombre

paraissaient moins larges; un entonnoir de ténèbres se dessinait là où, l'après-midi, un cirque
descendait de ses étages en pente douce.

Il s'attardait dans cette brume; puis ses pensées, diluées dans la masse de mélancolie qui
l'enveloppait, s'atteignirent et, redevenues par
cohésion actives, le frappèrent en plein cœur
d'un coup brusque. Il songea à sa femme, frissonna, reprit sa marche. Il touchait à l'église;
près du portail, au coude du chemin, il aperçut,
à deux pas devant lui, le château de Lourps.

Cette vue dissémina ses angoisses. La curiosité d'un château dont il avait longtemps en-
tendu parler, sans l'avoir vu, l'étreignit, durant une seconde; il regarda. Les nuées guer-
royantes du ciel s'étaient enfuies; au solennel
fracas du couchant en feu, avait succédé le morne
silence d'un firmament de cendre; çà et là,
pourtant, des braises mal consumées rougeoyaient
dans la fumée des nuages et éclairaient le château par derrière, rejetant l'arête rogue du toit,
les hauts corps de cheminée, deux tours coiffées

de bonnets en éteignoir, l'une carrée et l'autre
ronde. Ainsi éclairé, le château semblait une
ruine calcinée, derrière laquelle un incendie
mal éteint couvait. Fatalement, Jacques se rappela les histoires débitées par le paysan qui
lui avait indiqué sa route. Le chemin en lacet
qu'il avait parcouru s'appelait le chemin du Feu
parce que jadis il avait été tracé, à travers
champs, la nuit, par le piétinement de tout le
village de Jutigny qui courait au secours du
château en flammes.

La vision de ce château qui paraissait brûler
sourdement encore, exaspéra son état d'agitation
nerveuse qui depuis le matin allait croissant.
Ses sursauts d'appréhensions interrompues et
reprises, ses saccades de transes se décuplèrent.
Il sonna fébrilement à une petite porte, percée
dans le mur; le bruit de la cloche qu'il avait ti-
rée l'allégea. Il écoutait, l'oreille plaquée contre
le bois de la porte ; aucun bruit de vie derrière
cette clôture. Ses frayeurs galopèrent aussitôt;
il se pendit, défaillant, au cordon de la cloche.

Enfin, sur un craquement de graviers, des galoches claquèrent ; un crissement de ferraille s'a-
gita dans la serrure ; on tirait vigoureusement
la porte qui tressaillait mais ne bougeait point.

— Poussez donc ! fit une voix.

Il lança un fort coup d'épaule et pencha avec
le battant qui céda, dans le noir.

— C'est toi, mon neveu, dit une ombre de
paysan qui le retint dans ses bras et lui frotta de
ses poils mal rasés les joues.

— Oui, mon oncle, et Louise ?

— Elle est là qui s'installe ; ah dame ! tu sais,
mon homme, c'est pas à la campagne comme à
la ville ; il n'y a pas comme chez vous un tas d'af-
futiaux pour son aisance.

— Oui, je sais ; et comment est-elle ?

— Louise, ben, elle est avec Norine, elles
brossent, elles balaient, elles cognent, malheur !
— mais ça les amuse ; elles se font du bon sang,
elles ricassent ensemble si fort qu'on ne sait plus
à qui entendre !

Jacques respira.

— Allons un peu vers elle, garçon, reprit le
vieux. Nous leur donnerons un coup de main,
car il faut que Norine s'en aille soigner le bestial ;
et puis, dépêchons, car nous aurions belle d'être
trempés. — T'arrives à temps ; tiens, vois, v'là
le ciel qui se chabouille !

Jacques suivit l'oncle Antoine. Chemin faisant,
il regardait autour de lui. Ils marchaient dans
d'invisibles allées bordées de massifs que décelaient des frôlements ployés de branches ; dans
le ciel plus clair où filaient des nuées déchirées
de tulle, des feuillages en aiguilles, pareils à
ceux des pins, dressaient à des hauteurs formi-
dables des cimes hérissées dont on n'apercevait
plus les troncs plantés dans l'ombre. Jacques ne
pouvait se rendre compte de l'aspect du jardin
qu'il traversait. Tout à coup, une éclaircie se fit,
les arbres s'arrêtèrent, la nuit devint vide, et, au
bout d'une clairière, une masse pâle apparut, le
château, sur le seuil duquel deux femmes s'avancèrent.

— Eh ben, ça ira-t-il ? cria la tante Norine

qui, avec un geste mécanique de poupée en bois, lui jeta ses bras roides autour du cou.

En deux mots, Jacques et Louise se comprirent.

Elle, allait mieux; lui, revenait sans argent, bredouille.

— Norine, t'as mis le boire au frais? dit le père Antoine.

— Oui-da, et de peur que vous ne tardiez, je vas toujours aller couper la soupe.

— Alors c'est prêt là-haut? reprit le vieux, s'adressant à Louise.

— Oui, mon oncle, mais il n'y a pas d'eau!

— De l'eau! il en manque ben! je vas vous en tirer un seau.

La tante Norine disparut à grandes enjambées, dans la nuit; le père Antoine s'enfonça parmi des arbres dans un autre sens; Jacques et sa femme demeurèrent seuls.

— Oui, je vais mieux, dit-elle en l'embrassant; ce mouvement que je me suis donné m'a remise, mais montons; j'ai fini par découvrir dans tout le château une pièce presque logeable.

Ils pénétrèrent dans un couloir de prison. Aux lueurs d'une allumette qu'il fit craquer, Jacques aperçut d'énormes murailles en pierre de taille, fuligineuses, trouées de portes de cachots, surplombées d'une voûte en ogive, abrupte, comme taillée dans le roc. Une odeur de citerne emplissait ce couloir dont les carreaux de pavage oscillaient à tous les pas.

Le corridor fit coude et il se trouva dans un gigantesque vestibule dont les panneaux peints en marbre pelaient, devant un escalier à rampe forgée de fer; et il monta, regardant la cage carrée de pierre, percée de très petites fenêtres à double croix.

Par les vitres brisées, le vent s'engouffrait, remuant l'ombre amoncelée sous la voûte, secouant les portes dont les battants geignaient, à des étages supérieurs, en l'air.

Ils s'arrêtèrent au premier. C'est là, dit Louise. Il y avait trois portes, une en face, une dans un renfoncement à droite, une autre dans un renfoncement à gauche.

Une raie de lumière filtrait sous la première. Il entra et aussitôt un inexprimable malaise le saisit ; la pièce dans laquelle il s'était introduit était très grande, tapi sée sur les murs et le plafond d'un papier imitant une treille, losangé de barreaux vert cru sur fond saumâtre. Des trumeaux en bois gris surmontaient les portes et, sur la cheminée en marbre griotte, une petite glace verdâtre dont le tain coulé picotait l'eau de virgules de vif argent, était encadrée dans des boiseries également grises.

En fait de plancher, des carreaux autrefois peints en orange et, le long des cloisons, des placards dont les portes en papier tendu sur châssis étaient criblées de balafres et d'éraflures.

Bien qu'on eût balayé la chambre et ouvert la fenêtre, une senteur de vieux bois, de plâtre mou, de filasse humide et de cave, s'exhalait de ce logis mort.

C'est sinistre ici ! pensa Jacques. — Il regarda Louise ; elle ne semblait pas effarée par la glaciale solitude de cette pièce. Au contraire, elle

l'examinait avec complaisance et souriait à la
glace qui lui renvoyait son visage décoloré par
l'eau verte, grêlé par les brèches de l'étamage.

Et en effet, comme la plupart des femmes, elle
se sentait fouettée par cet imprévu d'un campe-
ment à la diable, d'une installation de bohé-
mienne dressant n'importe où sa tente. Ce bonheur enfantin de la femme de rompre une habitude, de voir du nouveau, de s'ingénier à d'adroits
manèges pour s'assurer un gîte, cette nécessité
de penser par extraordinaire, cette obligation de
simuler ce nomade perchoir d'actrice en tournée
que secrètement toute bourgeoise envie, pourvu
qu'il soit atténué, sans danger réel et bref, cette
importance de fourrier responsable chargé d'assurer le coucher et le vivre, ce côté maternel, ar-
rangeant la litière de l'homme qui n'a plus qu'à
s'étendre, quand tout est prêt, avaient agi puis-
samment sur elle et rebandé ses nerfs.

— L'ameublement est médiocre, fit-elle, désignant dans l'alcôve un antique lit de bois sur lequel gisait un matelas et une paillasse, puis, au

milieu de la pièce, deux chaises de paille et une table ronde visiblement retirée d'un jardin où ses jambes avaient gonflé, tandis que sa plate-forme s'était exfoliée sous des rafales de soleil et de pluie ; — mais enfin, nous verrons, demain, à nous procurer les objets qui manquent.

Jacques approuva d'un mouvement de tête ; il embrassait d'un coup d'œil la chambre surtout occupée par ses malles ouvertes le long du mur ; décidément, un bain de tristesse tombait de ce plafond trop haut, sur ce carreau froid.

Louise pensa que son mari songeait à ses ennuis d'argent ; elle l'embrassa. — Va, nous nous en tirerons tout de même, dit-elle. Et le voyant soucieux quand même : Tu dois avoir faim, allons retrouver l'oncle, nous causerons plus tard.

Revenu sur le palier, Jacques entre-bâilla les portes de gauche et de droite ; il aperçut d'immenses corridors, sans fond, sur lesquels se dégageaient des pièces ; c'était l'abandon le plus complet, la glace du sépulcre, la dissolution de murs battus par le vent et les averses.

Il descendit l'escalier, mais subitement il s'arrêta; un vacarme de chaînes rouillées, de roues criant sans cambouis, un grincement de grincheuse poulie rompaient la nuit muette.

— Qu'est-ce que cela ?

— C'est l'oncle qui tire de l'eau, dit-elle en riant et elle expliqua que l'eau était rare à cette hauteur, qu'un gigantesque puits, creusé dans la cour, alimentait seul le château; il faut cinq minutes, montre en main, pour remonter le seau; ce que tu entends, c'est le bruit de la corde qui scie le treuil.

— Eh là! cria le père Antoine, dès qu'ils furent dans la cour, en v'là de l'eau et de la fraîche, car elle sort de la craie, et il empoigna le seau de bois, clapotant et énorme, et le porta, au bout du bras, comme une plume; — puis, les rejoignant :
— Allons vers Norine, car j'ai idée qu'elle s'impatiente et qu'elle pourrait nous chicoter si nous venions à tarder en plus.

La nuit était obscure et mouillée de pluie. Ils marchèrent, à la queue-leu-leu, dans une allée,

les mains levées pour parer les coups de badine
noirs des branches, suivant, pas à pas, le vieux
qui s'avançait, tranquille et certain, comme en
plein jour.

Enfin une lumière étoilée, très basse, scintilla,
grossit peu à peu, puis divergea, s'étendit, devint
diffuse, à mesure qu'on avançait; bientôt elle se
délaya, sans rayons, toute mate, dans le cadre
carré d'une fenêtre. Ils atteignirent une chaumière sans étage, composée d'une seule pièce.
Dans la grande cheminée, sous une hotte dont les
rebords s'encombraient de vaisselles peintes, un
feu de sarment pétillait sec au-dessous d'un co-
quemar de fonte qui bouillait, épandant sous la
danse de son couvercle l'impétueuse odeur des
choux cuits.

— Là siérez-vous, fit la tante Norine; avez-vous
faim ?

— Mais oui, ma tante.

— Ah ben c'étant! fit-elle, se servant de cette
expression que les paysans de ce côté de la Brie
emploient, à tous propos, sans aucun sens.

— Goûte-moi celui-là, mon neveu, fit le père Antoine, tu m'en diras des nouvelles ; c'est du vin de ma vendange de la Graffignes.

Ils trinquèrent et burent un petit vin rose, acide, empesté par ce démangeant goût de poussière qu'ont les vins fabriqués dans les cuves qui ont contenu de l'avoine.

— Oui, ça sent un peu l'avène, la cuve m'a joué le tour, soupira le vieux, en faisant claquer sa langue ; c'est pas à la campagne comme à la ville, on n'a pas du vin de loin dans son silos ; mais là, t'entends, c'est tout de même du boire qu'a un ben bon goût.

— Oh ! nous n'avons pas le droit d'être difficiles ; à Paris nous ne buvons que des vins tiraillés dans lesquels il entre peu de raisins frais, mon oncle.

— Oh là ! faut-il, faut-il ! — puis, après une pose, il ajouta : Ça se pourrait tout de même, mon homme.

— Ah ben, c'étant ! soupira la tante Norine, en joignant les mains.

Le père Antoine tira son couteau de sa poche, l'ouvrit et tailla des miches.

C'était un tout petit vieillard, maigre comme un échalas, noueux comme un cep, boucané comme un vieux buis. La face ratatinée, vergée de fils roses sur les pommettes, était trouée de deux yeux glauques, flanquant un nez osseux, court, pincé, tordu à gauche, sous lequel s'ouvrait une large bouche hersée de dents aiguës très fraîches. Deux bouts de favoris, en pattes de lapin, descendaient de chaque côté des oreilles écartées du crâne ; partout, sur la figure, au-dessus des lèvres, dans les salières des joues, dans les fosses du nez, sur les creux du col, des poils drus poussaient, fermes comme des poils de brosse, poivre et sel comme ses gros cheveux qu'il rabattait avec les doigts, sous sa casquette. Debout, il était un peu courbé, et, de même que la plupart des paysans de Jutigny qui ont travaillé dans les tourbières, il avait des jambes de cavalier, évidées en cercle. Au premier abord, il semblait rétrignolé, chétif, mais à regarder l'arc tendu du buste, les bras muscu-

leux, la tenaille tannée des doigts, l'on soupçon-
nait la force de ce criquet que les fardeaux les
plus pesants ne pouvaient plier.

Et Norine, sa femme, était plus robuste encore ; elle aussi avait dépassé la soixantaine ; plus
grande que son mari, elle était encore plus maigre ; ni ventre, ni gorge, ni râble et des hanches
en fer de pioche ; rien en elle ne rappelait la
femme. Le visage jaune, quadrillé de rides, ra-
viné de raies comme une carte routière, chiné de
même qu'une étoffe tout le long du cou, s'allumait de deux yeux d'un bleu clair étrange, des
yeux incisifs, jeunes, presque obscènes, dans cette
face dont les sillons et les grilles marchaient, au
moindre mouvement des paupières et de la bouche. Avec cela, le nez droit pointait en lame et
remuait du bout en même temps que le regard.
Elle était à la fois inquiétante et falote, et la bizar-
rerie de ses gestes ajoutait encore au malaise de
ses yeux trop clairs et au recul de sa bouche dé-
pourvue de dents. Elle paraissait mue par une
mécanique, sans jointures, se levait d'un seul

morceau, marchait telle qu'un caporal, tendait
le bras ainsi que ces automates dont on pousse le
ressort ; et, assise, sans s'en douter, elle affectait
des poses dont le comique finissait par énerver ;
elle se tenait dans l'attitude rêveuse des dames
représentées dans les tableaux du premier Empire, l'œil au ciel, la main gauche sur la bouche, le coude soutenu par la paume de la main
droite.

Jacques examinait ce couple dont la faible lumière d'une bougie de campagne, aussi haute
qu'un cierge, accusait plus nettement encore
qu'en plein jour les traits raboteux, passés au
bistre.

Maintenant, ils avaient, tous les deux, le nez
dans leur soupe dont ils buvaient, à même de l'assiette, les dernières goutt.s. D'un revers de manche, ils s'essuyèrent les lèvres et le vieux emplit
les verres, puis, tout en se curant avec son couteau les dents, il se prit à gémir.

— Ça sera peut-être ben pour cette nuit !

— Peut-être ben, répondit Norine.

— Je compte coucher à l'étable, quoi que t'en dis ?

— Dame, pour vêler, a vêlera, mais on peut pas savoir au juste quand a vêlera ; ben, on le croirait pas, ma pauvre Lizarde, ce qu'elle souffre ; tiens, tends !

Et l'on entendit, en effet, un sourd meuglement qui traversa le silence de la pièce.

— C'est comme aux personnes, ça lui frémit ! reprit la tante Norine, d'un air las ; et elle expliqua que la Lizarde, sa meilleure vache, allait mettre bas.

— Eh mais, dit Jacques, un veau ça se vend bien ; c'est pour vous une belle aubaine.

— Mais oui... mais oui... mais c'est qu'elle en a du mal à vêler ; ça peut lui prendre dans la nuit et lui durer tant qu'au lendemain soir ; et puis, qu'elle a une grande échauffure ; si le viau mourait et qu'il arrive malheur à la Lizarde, ça serait quasiment cinq cents francs de perdus. Eh là ! on a belle d'être inquiets, allez !

Et ils commencèrent les doléances habituelles

aux paysans : — On avait ben du mal à vivre, on s'échine et quoi que ça rapporte, la terre ? à peine deux et demi du cent. Si on n'élevait pas le bestial, quoi donc qu'on deviendrait ; aujourd'hui, le blé, il s'achète pour ainsi dire rien, par rapport aux étrangers. Nous finirons par planter du peuplier, reprit le vieux, ça rend tout seul un franc l'an, par pied. Pardi oui, c'est pas comme chez vous où, sauf votre respect, l'on gagne une couple d'écus le temps qu'on se tourne !

Il s'interrompit pour atteindre la bougie dont la mèche champignonnait. Quoi donc qu'elle a à clicotter comme cela, fit-il, et il ferma son couteau dessus, coupant entre la lame et la rainure du manche le bout charbonneux des fils.

— Voyons, reprit-il, tu ne manges pas ?

— Mais si... mais si... Non, ma tante, vrai, je n'ai plus faim ; et il essaya de repousser la vieille qui voulait lui déposer sur l'assiette un cuissot de lapin.

Mais elle le fit couler quand même de la cuiller.

— Sûr que tu le mangeras, pour voir ; tu
ne viens pas ici pour jeûner, je compte ; — et,
après une seconde de silence, elle soupira : —
ah ! ben c'étant ! et brusquement elle se leva et
elle sortit.

— Elle va vers la Lizarde, dit le vieux, répondant au regard étonné de Jacques et de Louise.
Si ça venait, cette nuit, eh là quoi donc faire ? le
berger serait loin à cette heure ; elle aurait le
moyen de crever, la pauvre bête, tant seulement
qu'il se mette en route ; ah bon sang de bon Dieu !
et il hocha la tête, en frappant du manche de son
couteau la table.

— Ben, et toi, mon homme, tu ne bois point?
c'est-il que mon vin t'offusque ?

Jacques sentait la tête lui tourner dans cette
petite pièce que les sarments en flamme de la
cheminée emplissaient de bouillants effluves.

— J'étouffe, fit-il. Il se leva, entr'ouvrit la porte,
et aspira une bouffée d'air pur, une bouffée par-
fumée par la brusque odeur des bois mouillés à
laquelle se mêlait la senteur tièdement ambrée

2

des bouses. C'est bon, dit-il ; et il s'attarda au seuil de cette nuit de campagne où l'on ne voyait pas à deux pas devant soi ; des espèces de fils vermiculés de pluie descendaient devant ses prunelles élargies dans le noir, mais ces troubles de la vision ne durèrent qu'une minute, car la nuit s'éclairait au loin ; une pointe de feu vrilla les ténèbres, s'allongea en lame, coupa d'une large estafilade de lumière la tante Norine, devenue immense, le corps plié en deux comme sur une charnière, les jambes couchées à plat sur l'herbe, le buste et la tête droits, en haut, dans une cime d'arbre.

Elle s'avançait, en effet, précédée de son ombre que remuait une lanterne.

— Eh bien, ma tante, comment va la Lizarde ?

— Je compte pas, décidément, que ce sera pour cette nuit ; a vêlera prochainement pour le midi de demain.

Ils rentrèrent et se remirent à table.

— Tiens, goûte donc pour voir ? fit le vieux, en présentant le terrible fromage du pays, le fromage fané, comme on l'appelle, une sorte de Brie dur, couleur de vieille dent, répandant des odeurs de caries et de latrines.

Jacques refusa. Louise dort tout debout, dit-il ; allons nous coucher.

— Le fait est, ma fille, qu'on ne t'entend point ; mais là, ça ne presse pas tant le dormage que nous ne prenions une tasse de menthe ; — et la tante Norine remua le feu, grommelant : Il a donc 'e cul gelé, ce poêlon ? — pendant que le vieux tirait de l'armoire un paquet d'herbes.

— Y a rien de meilleur pour l'estomac, affirma-t-il en choisissant les feuilles ; mais les Parisiens firent la grimace lorsqu'ils goûtèrent cette tisane qui ressemblait à la rinçure d'un dentifrice.

Ils préférèrent le cognac que la tante apporta dans une bouteille à potion ; et, sur leurs instances, le père Antoine renfila ses galoches, alluma la lanterne et les reconduisit jusqu'au château.

II

Louise s'affaissa sur une chaise, en entrant dans la chambre ; la surexcitation de la journée avait pris fin ; elle se sentait excédée, le cerveau désert, les moelles lasses.

Jacques prépara les couvertures pour qu'elle pût se coucher, puis il mit sa valise sur la table et, assis devant elle, tria ses papiers, se réservant de les ficeler et de les ranger, le lendemain, dans un placard.

Malgré la longue course qu'il avait faite, il n'éprouvait point cet épuisement qui tiédit les membres, mais il défaillait, assommé par une fatigue spirituelle infinie, par un découragement sans borne.

Le coude sur la table, il regardait la bougie
dont la courte flamme ne parvenait pas à percer la
nuit de la chambre, et une indéfinissable sensation de malaise l'obséda ; il lui semblait avoir
derrière lui, dans l'obscurité, une étendue d'eau
dont le souffle clapotant le glaçait.

Il se leva, se secoua les épaules, s'expliquant
ce frisson par la permanente humidité, par l'im-
perméable froid de cette pièce.

Il contempla sa femme ; elle était étendue,
décolorée, sur le grabat, les yeux mi-clos,
vieillie de dix ans par la brusque détente de ses
nerfs.

Il alla visiter les portes ; les pênes ne marchaient pas et, malgré ses efforts, les clefs s'en-
tètaient à ne point tourner ; il finit par adosser
une chaise contre la porte d'entrée pour empêcher le battant de s'ouvrir, puis il revint à la
fenêtre, sonda les ténèbres des vitres et, harassé
d'ennui, se coucha.

Le lit lui parut rugueux et le traversin aiguillé
par des barbes trop pointues de paille ; il se tassa

2.

dans la ruelle, afin de ne pas éveiller sa femme qui s'assoupissait, et, à plat sur le dos, il examina avant que d'éteindre la bougie, le mur de l'alcôve, tapissé comme ceux de la chambre de papier treille.

Il s'appliquait à engourdir ses angoisses par des occupations mécaniques et vaines ; il compta les losanges du panneau, constatant avec soin les morceaux rapportés du papier de tenture dont les dessins ne joignaient pas ; soudain un phénomène bizarre se produisit : les bâtons verts des treilles ondulèrent, tandis que le fond saumâtre du lambris se ridait tel qu'un cours d'eau.

Et ce friselis de la cloison jusqu'alors immobile s'accentua ; le mur, devenu liquide, oscilla, mais sans s'épandre ; bientôt, il s'exhaussa, creva le plafond, devint immense, puis ses moellons coulants s'écartèrent et une brèche énorme s'ouvrit, une arche formidable sous laquelle s'enfonçait une route.

Peu à peu, au fond de cette route, un palais surgit qui se rapprocha, gagna sur les panneaux,

les repoussant, réduisant ce porche fluide à l'état
de cadre, rond comme une niche, en haut, et
droit, en bas.

Et ce palais qui montait dans les nuages avec
ses empilements de terrasses, ses esplanades, ses
lacs enclavés dans des rives d'airain, ses tours à
collerettes de créneaux en fer, ses dômes pape-
lonnés d'écailles, ses gerbes d'obélisques aux
pointes couvertes ainsi que des pics de montagne
d'une éternelle neige, s'éventra sans bruit, puis
s'évapora, et une gigantesque salle apparut pavée
de porphyre, supportée par de vastes piliers aux
chapiteaux fleuronnés de coloquintes de bronze
et de lys d'or.

Derrière ces piliers, s'étendaient des galeries
latérales, aux dalles de basalte bleu et de marbre,
aux solivages de bois d'épine et de cèdre, aux
plafonds caissonnés, dorés comme des châsses ;
puis, dans la nef même, au bout du palais arrondi
tel que les chevets à verrières des basiliques,
d'autres colonnes s'élançaient en tournoyant jusqu'aux invisibles architraves d'un dôme, perdu,

comme exhalé, dans l'immesurable fuite des
espaces.

Autour de ces colonnes réunies entre elles par
des espaliers de cuivre rose, un vignoble de pierreries se dressait en tumulte, emmêlant des can-
netilles d'acier, tordant des branches dont les
écorces de bronze suaient de claires gommes de
topazes et des cires irisées d'opales.

Partout grimpaient des pampres découpés dans
d'uniques pierres; partout flambait un brasier
d'incombustibles ceps, un brasier qu'alimentaient
les tisons minéraux des feuilles taillées dans les
lueurs différentes du vert, dans les lueurs vert-
lumière de l'émeraude, prasines du péridot, glauques de l'aigue-marine, jaunâtres du zircon,
céruléennes du béryl; partout, du haut en bas,
aux cimes des échalas, aux pieds des tiges, des
vignes poussaient des raisins de rubis et d'amé-
thystes, des grappes de grenats et d'amaldines,
des chasselas de chrysoprases, des muscats gris
d'olivines et de quartz, dardaient de fabuleuses
touffes d'éclairs rouges, d'éclairs violets, d'é-

clairs jaunes, montaient en une escalade de
fruits de feu dont la vue suggérait la vraisem-
blable imposture d'une vendange prête à cracher
sous la vis du pressoir un moût éblouissant de
flammes !

Çà et là, dans le désordre des frondaisons et
des lianes, des ceps fusaient, à toute volée, se
rattrapant par leurs vrilles à des branches qui
formaient berceau et au bout desquelles se balançaient de symboliques grenades dont les hiatus
carminés d'airain caressaient la pointe des colonnes phalliques jaillies du sol.

Cette inconcevable végétation s'éclairait d'elle-
même ; de tous côtés, des obsidianes et des pierres
spéculaires incrustées dans des pilastres, réfrac-
taient, en les dispersant, les lueurs des pierreries qui, réverbérées en même temps par les
dalles de porphyre, semaient le pavé d'une ondée
d'étoiles.

Soudain la fournaise du vignoble, comme furieusement attisée, gronda ; le palais s'illumina
de la base au faîte, et, soulevé sur une sorte de

lit, le Roi parut, immobile dans sa robe de pourpre, droit sous ses pectoraux d'or martelé, cons-
tellés de cabochons, ponctués de gemmes, la tête
couverte d'une mitre turriculée, la barbe divise
et roulée en tube, la face d'un gris vineux de
lave, les pommettes osseuses, en saillie sous des
yeux creux.

Il regardait à ses pieds, perdu dans un rêve,
absorbé par un litige d'âme, las peut-être de l'inu-
tilité de la toute-puissance et des inaccessibles
aspirations qu'elle fait naître ; dans son œil plu-
vieux, couvert tel qu'un ciel bas, l'on sentait la
disette de toute joie, l'abolition de toute douleur,
l'épuisement même de la haine qui soutient et
de la férocité dont le régal continué s'émousse.

Lentement enfin, il leva la tête et vit, devant
un vieillard au crâne en œuf, aux yeux forés de
travers sur un nez en gourde, aux joues sans
poils, granulées ainsi qu'une chair de poule et
molles, une jeune fille debout, inclinée, hale-
tante et muette.

Elle avait la tête nue et ses cheveux très blonds

pâlis par des sels et nuancés par des artifices de
reflets mauve coiffaient son visage comme d'un
casque un peu enfoncé, couvrant le sommet de
l'oreille, descendant tel qu'une courte visière sur
le haut du front.

Le cou dégagé restait nu, sans un bijou, sans
une pierre, mais, des épaules aux talons, une
étroite robe la précisait, serrant les bulles timo-
rées de ses seins, affûtant leurs pointes brèves,
lignant les ambages ondulés du torse, tardant aux
arrêts des hanches, rampant sur la courbe exi-
guë du ventre, coulant le long des jambes indi-
quées par cette gaine et rejointes, une robe
d'hyacinthe d'un violet bleu, ocellée comme une
queue de paon, tachetée d'yeux aux pupilles de
saphir montées dans des prunelles en satin d'argent.

Elle était petite, à peine développée, presque
garçonnière, un tantinet dodue, très amenuisée,
toute frêle; ses yeux bleu flore étaient reculés
vers les tempes par des tirets de teinture lilas et
estompés en dessous pour les faire fuir; ses lèvres

fardées crépitaient dans une pâleur surhumaine, dans une pâleur définitive acquise par un décolorement voulu du teint ; et la mystérieuse odeur qui émanait d'elle, une odeur aux âmes liées et discernables, expliquait ce blanc subterfuge par les pouvoirs des parfums de décomposer les pigments de la peau et d'altérer pour jamais le tissu du derme.

Cette odeur flottait autour d'elle, l'auréolait, pour ainsi dire, d'un halo d'aromes, s'évaporait de sa chair par bouffées tantôt agiles et tantôt lourdes.

Sur une première couche de myrrhe, au relent résineux et brusque, aux effluences amères presque hargneuses, à la senteur noire, une huile de cédrat s'était posée, impatiente et fraîche, un parfum vert, qu'arrêtait la solennelle essence du baume de Judée dont la nuance fauve dominait, à son tour contenue, comme asservie, par les rouges émanations de l'oliban.

Ainsi debout dans sa robe égrenée de flammes bleues, imbibée d'effluves, les bras ramenés der-

rière le dos, la nuque un peu renversée sur le cou
tendu, elle demeurait immobile mais, par instants,
des frissons passaient sur elle et les yeux de
saphir tremblaient, en pétillant, dans leurs prunelles d'étoffe remuées par la hâte des seins.

Alors l'homme à la tête glabre, au crâne en
œuf, s'approcha d'elle, des deux mains saisit la
robe qui glissa et la femme jaillit, complètement
nue, blanche et mate, la gorge à peine sortie,
cerclée autour du bouton d'une ligne d'or, les
jambes fuselées, charmantes, le ventre gironné
d'un nombril glacé d'or, moiré au bas comme les
cheveux de reflets mauve.

Dans le silence des voûtes, elle fit quelques
pas, puis s'agenouilla et la pâleur inanimée de
sa face s'accrut encore.

Reflété par le porphyre des dalles, son corps
lui apparaissait tout nu; elle se voyait, telle
qu'elle était, sans étamine, sans voile, sous le
regard en arrêt d'un homme; le respect épeuré
qui, tout à l'heure, la faisait frémir devant le
muet examen d'un Roi, la détaillant, la scrutant

3

avec une savourante lenteur, pouvant, s'il la congédiait d'un geste, insulter à cette beauté que
son orgueil de femme jugeait indéfectible et con-
sommée, presque divine, se changeait en la pu-
deur éperdue, en l'angoisse révoltée d'une vierge
livrée aux mutilantes caresses du maître qu'elle
ignore.

La transe d'une irréparable étreinte, rudoyant
sa peau anoblie par les baumes, broyant sa chair
intacte, descellant, violant, le ciboire fermé de
ses flancs, et, surgissant plus haut que la vanité
du triomphe, le dégoût d'un ignoble holocauste,
sans attache d'un lendemain peut-être, sans bal-
buties d'un personnel amour leurrant par d'ar-
dentes simagrées d'âme la douleur corporelle
d'une plaie, l'anéantirent ; — et la posture qu'elle
gardait écartant ses membres, elle aperçut devant elle, dans la glace du pavé noir, les cou-
ronnes d'or de ses seins, l'étoile d'or de son ventre
et sous sa croupe géminée, ouverte, un autre
point d'or.

L'œil du Roi vrilla cette nudité d'enfant et lentement il étendit vers elle la tulipe en diamant de son sceptre dont elle vint, défaillante, baiser le bout.

Il y eut un vacillement dans l'énorme salle; des flocons de brume se déroulèrent, ainsi que ces anneaux de fumée qui, à la fin des feux d'artifice, brouillent les trajectoires des fusées et dissimuaient les paraboles en flammes des baguettes; et, comme soulevé par cette brume, le palais monta s'agrandissant encore, s'envolant, se perdant dans le ciel, éparpillant, pêle-mêle, sa semaille de pierreries dans le labour noir où scintillait, là-haut, la fabuleuse moisson des astres.

Puis, peu à peu, le brouillard se dissipa; la femme apparut, renversée, toute blanche, sur les genoux de pourpre, le buste cabré sous le bras rouge qui la tisonnait.

. . . .

Un grand cri rompit le silence, se répercuta sous les voûtes.

— Hein? quoi!

La chambre était noire comme un cul de four.

— Jacques restait abasourdi, le cœur battant, le bras pétri par des mains crispées.

Il écarquillait les yeux dans l'ombre ; le palais, la femme nue, le Roi, tout avait disparu.

Il reprit ses sens, tâta auprès de lui sa femme qui grelottait.

— Mais qu'est-ce qu'il y a?

— Il y a quelqu'un dans l'escalier.

Du coup, il rentra dans l'absolue réalité; c'était pourtant vrai, il se trouvait au château de Lourps.

— Écoute !

Il entendit, dans l'escalier, au travers de la porte mal jointe, un bruit de pas, frôlant d'abord légèrement les marches, puis titubant presque, se cognant enfin avec lourdeur contre les barreaux de la rampe.

Il sauta du lit, saisit une boîte d'allumettes. Il avait dû longtemps dormir car la bougie qui avait éclairé la chambre était usée; le lumignon gisait, la mèche noyée dans sa pâte qui larmait en de vertes stalactites le long du chandelier de cuivre ; il prit une autre bougie dans un paquet heureusement apporté dans les malles, la ficha dans le bobéchon et empoigna sa canne.

Sa femme s'était levée aussi, avait enfilé ses jupes et ses pantoufles.

— Je vais avec toi, dit-elle.

— Non, reste, — et dérangeant la chaise, il ouvrit la porte.

Voyons, se dit-il, scrutant l'étage au-dessus, il ne faudrait pourtant pas se faire couper la retraite. Il hésitait; un bruit bref qu'il entendit en dessous, dans le vestibule, le décida; il s'avança, étreignant sa canne et, au tournant de l'escalier, il plongea en bas.

Rien. — Dans les lueurs louvoyantes de la bougie, son ombre seule remuait, éborgnant la voûte, se couchant tête en bas, sur les marches.

Il atteignit les derniers degrés, longea le corridor d'entrée, poussa vivement une grande porte à deux battants dont le bruit roula comme un coup de tonnerre dans la maison vide et il entra dans une longue pièce.

Il était dans une salle à manger en ruine; le
poêle avait été arraché de sa niche dont le hour-
dage, feutré de poussière, s'émiettait dans d'é-
normes toiles d'araignées accrochées, comme des
petits sacs, à tous les angles : des fleurs de moisissure jaspaient les cloisons arborisées par des
fissures et les dalles alternées, blanches et noires,
du pavé, se délitaient, tantôt bossuées et tantôt
creuses.

Il ouvrit encore une autre porte, pénétra dans
un salon immense, sans meubles, percé de six
fenêtres barricadées de volets autrefois peints;
l'humidité avait positivement éboulé les lambris
de cette pièce; des boiseries entières tombaient
en poudre; des éclats de parquets gisaient par
terre dans de la sciure de vieux bois semblable à
de la cassonade; des pans de cloisons se lévi-
geaient, descendaient en sable fin, rien qu'en
frappant le plancher d'un coup de botte; des
fentes lézardaient les panneaux, craquelaient les
frises, zigzaguaient du haut en bas des portes,
traversaient la cheminée dont la glace morte

coulait dans son cadre dédoré, devenu rouge, presque friable.

Par endroits, le plafond crevé décelait ses bardeaux pourris et ses lattes; par d'autres, il gardait son crépi, mais les infiltrations y avaient dessiné, ainsi qu'avec des traînées d'urine, d'improbables hémisphères où des crevasses simulaient, de même que sur un plan en relief, des rivières et des fleuves et les renflements écaillés du plâtre, des pitons de Cordillères et des chaînes d'Alpes.

Par instants, tout cela craquait. Jacques se retournait précipitamment, éclairant le côté d'où partait le bruit, mais les coins sombres de la pièce qu'il explorait ne cachaient personne, et, de tous les côtés, les portes qu'il entr'ouvrait laissaient voir des enfilades de chambres muettes et chancies, sentant la tombe, se pulvérisant lentement, sans air.

Il revint sur ses pas, se réservant, dès qu'il ferait jour, de visiter chacune de ces pièces en détail, se proposant de les condamner, s'il était possible. Il repassa dans les salles qu'il avait parcourues, se retournant, à chaque enjambée, car les murs s'étiraient et de nouveaux craquements se faisaient entendre.

Il s'énervait dans cette tension d'une recherche qui n'aboutissait point ; la lamentable solitude de ces chambres le poignait et, avec elle, une peur inattendue, atroce, la peur non d'un danger connu, sûr, car il sentait que cette transe s'évanouirait devant un homme qu'il trouverait tapi dans un coin, là, mais une peur de l'inconnu, une terreur de nerfs exaspérés par des bruits inquiétants dans un désert noir.

Il tenta de se raisonner, se moqua, sans y réussir, de cette défaillance, en s'imaginant le château hanté, allant du coup aux idées les plus impossibles, les plus romanesques, les plus folles, exprès pour se rassurer, en se démontrant d'une façon péremptoire l'inanité de ses craintes. Quoi qu'il fît, son trouble s'accentuait. Il le refoula pourtant, durant une minute, par la vision qu'il se suggéra d'un péril immédiat, d'une lutte corps à corps, subite; il entra dans le couloir, le fouilla fiévreusement, jurant de colère, voulant à tout prix découvrir pour se sauver de la peur un danger vrai.

Découragé, il se décidait à remonter quand un bruit d'orage retentit soudainement au-dessus de sa tête dans l'escalier; il s'avança. En l'air quelque chose d'énorme emplissait, en la ventilant, la cage.

La bougie, comme secouée par une bourrasque, coucha sa flamme, dardant d'âcres jets de fumée, éclairant à peine; il n'eut que le temps de se reculer, de s'arc-bouter sur une jambe, de cingler à toute volée, de sa canne d'épine dure à côtes, la masse tourbillonnante qui s'affaissa dans un cri strident.

Un autre cri répondit, celui de Louise, sortie, épouvantée, penchée sur la rampe.

— Prends garde! Prends garde!

Dans un souffle ronflant de forge, deux rouelles de phosphore en flamme se jetaient sur lui.

Alors, il recula et frappa, piquant comme avec

3.

une épée dans les deux trous de feu, coupant comme avec un sabre, tapant de toutes ses forces sur la masse hurlante qui se débattait, butant contre les murs, ébranlant la rampe.

Il s'arrêta exténué enfin, regarda, stupide, le cadavre d'un énorme chat-huant dont les serres crispées rayaient le bois ensanglanté de gouttes.

— Ouf! fit-il, s'essuyant les mains tigrées de points rouges, heureusement que j'avais ma canne ; et il remonta près de sa femme tombée, plus blanche qu'un linge, sur une chaise. Il lui aspergea la face d'eau, l'aida à se recoucher, lui expliquant mal, d'une voix saccadée, que le château était désert, que ce bruit de pas entendus au loin était un bruit d'ailes effleurant les parois de l'escalier, cognant ses balustrades, éraillant sa voûte. Elle sourit doucement et s'étendit, brisée, sur le grabat.

Lui, n'éprouvait plus aucun besoin de sommeil. Bien que ses jambes tremblassent et qu'il fût incapable de serrer le poing, tant ses doigts

étaient engourdis et mous, il préféra rester habillé et attendre le jour sur une chaise.

Et il eut alors un inexplicable tohu-bohu de
réflexions, un chapelet d'idées aux grains dili-
gents et divers qui se dévida, grêlant dans sa
cervelle, sans aucun fil d'attache, sans aucune
suite.

Il pensa d'abord à la chance qu'il avait cue de
perforer le crâne de la bête et de ne pas s'être
laissé dévorer les yeux par elle. — Et cette
femme nue et glacée d'or, maintenant effacée
par le réveil ainsi qu'un dessin frotté avec une
gomme ? comment avait pu se produire un tel
rêve ? — Ah ! le jour tardait à venir ! — Comme
cette arrivée à la campagne débutait mal ! —
Décidément, il aurait bien de la peine à s'installer, car, à en juger par un premier coup d'œil,
ce château isolé, loin d'un village, ne présentait
aucune ressource ! — Quelle situation que la
sienne, tout de même, et comment ferait-il, une
fois revenu à Paris, pour gagner son pain ? —
C'est égal, la tante Norine avait de bien singu-

liers yeux! — Mais enfin de quelle façon expliquer cet étrange rêve? — Si seulement cet ami
qu'il avait jadis obligé lui avait rendu un peu
d'argent, mais non, rien! — Pauvre femme! se
dit-il, regardant Louise, blanche dans le lit, les
yeux clos, les lèvres lasses.

Puis, debout, il regarda par la fenêtre; le jour
se levait enfin, mais si crépusculaire et si pâle!
Pour dérouter l'incohérence de ces idées tristes,
il s'astreignit à ranger ses papiers, à les ficeler
en liasses; il finit enfin par sommeiller, la tête
sur la table, et il se réveilla dans un sursaut.

Le soleil était mûr; — la montre marquait
cinq heures. Il eut un soupir de soulagement,
prit son chapeau et descendit sur la pointe des
pieds, afin de ne point réveiller sa femme.

III

Il demeura ébloui sur le pas de la porte. Devant lui s'étendait une vaste cour bouillonnée par des bulles de pissenlits s'époilant au-dessus de feuilles vertes qui rampaient sur de la caillasse, hérissées de cils durs. A sa droite, un puits surmonté d'une sorte de pagode en tôle terminée en un croissant de fer posé sur une boule; plus loin, des files de pêchers écartelés le long d'un mur et, au-dessus, l'église dont le profil d'un gris tiède disparaissait, à certaines places, sous la résille vernie d'un lierre, à d'autres, sous le velours jaune souci d'un amas de mousses.

A gauche et derrière lui, le château, immense, avec une aile d'un étage percée de huit fenêtres,

une tour carrée contenant l'escalier, puis, en retour d'équerre, une autre aile, avec les croisées
du bas taillées en ogives.

Et cette bâtisse, cassée par l'âge, tressaillée
par les pluies, minée par les bises, élevait sa
façade éclairée de croisées à triple croix gondo-
lées de vitres couleur d'eau, coiffée d'un toit
en tuiles brunes jaspées de blanc par des fientes,
dans un fluide de jour pâle qui blondissait sa
peau hâlée de pierres.

Jacques oubliait la funèbre impression res-
sentie la veille; un coup de soleil fardait la vieillesse du château dont les imposantes rides sou-
riaient, comme aurifiées de lumière, dans les
murs frottés de rouille par les Y de fer également
espacés sur le rugueux épiderme de son crépi.

Ce silence inanimé, cet abandon qui lui avaient
étreint le cœur, la nuit, n'existaient plus; la vie
terminée de ces lieux que dénonçaient des fenêtres sans rideaux ouvrant sur des corridors nus
et des chambres vides semblait prête à renaître;
il allait certainement suffire d'aérer les pièces,

de réveiller par des éclats de voix la sonorité endormie de ces chambres pour que le château re-
vécût son existence arrêtée depuis des ans.

Puis, tandis que le jeune homme l'examinait,
inspectant la façade, découvrant que l'étage et le
toit dataient du siècle dernier, alors que les as-
sises remontaient au temps du moyen âge, un
grand bruit le fit se retourner et, levant la tête,
il constata que cette tour ronde, entrevue la
veille, n'attenait point au château, comme il l'a-
vait cru. Elle était isolée dans une basse-cour et
servait de pigeonnier. Il s'approcha, gravit un
escalier en ruine, tira le verrou d'une porte et
passa le cou.

Un immense effroi d'ailes s'entrechoquant,
éperdues, en haut de la tour, l'étourdit en même
temps qu'un vorace fumet d'ammoniaque lui pico-
rait la muqueuse du nez et la frange des yeux. Il
recula, entrevit à peine, au travers de ses larmes,
l'intérieur de ce pigeonnier, alvéolé comme un
dedans de ruche, muni au centre d'une échelle
montée sur pivot, et, se retirant, il aperçut une

neige de blanc duvet qui tournoyait dans une écharpe de lumière, déroulée d'une lucarne ouverte au sommet de la tour, au ras du sol.

Tous les oiseaux enfuis du colombier s'étaient réfugiés sur le château et tous battaient de l'aile, s'étiraient, se rengorgeaient, se pouillaient, remuant, au soleil, des dos aux reflets métalliques, des poitrails de vif-argent lustrés de vert réséda et de rose, des gorges de satin frémissant, flamme de punch et crème, aurore et cendre.

Puis une partie des pigeons s'envola, en cercle, autour des hautes cheminées du faîte et, subitement, la guirlande se rompit et ils s'éparpillèrent de nouveau sur la tour dont le toit se fourra d'un bonnet roucoulant de plumes.

Jacques tourna le dos au château et, en face de lui, au bout de la cour, il vit un jardin fou, une ascension d'arbres, montant en démence, dans le ciel.

En s'approchant, il reconnut d'anciens parterres taillés en amandes, mais leur forme subsistait à peine. Des plants de buis qui jadis le

bordaient, les uns étaient morts et les autres
avaient poussé, ainsi que des arbres, et ils semblaient, comme dans les cimetières, ombrager des
tombes perdues sous l'herbe. Çà et là, dans ces
antiques ovales envahis par les orties et par les
ronces, de vieux rosiers apparaissaient, retour-
nés à l'état sauvage, semant ce fouillis de vert
des rougeâtres olives des gratte-cul naissant;
plus loin, des pommes de terre, venues d'on ne
sait où, germaient, ainsi que des coquelicots et
des trèfles sans doute sautés des champs; enfin,
dans une autre corbeille, des touffes d'absinthe
fouettaient des aigrettes d'herbes folles d'une
odorante grêle de pastilles d'or.

Jacques marcha vers une pelouse, mais le ga-
zon était mort, étouffé par les mousses; les pieds
enfonçaient et butaient contre des souches ense-
velies et des chicots enterrés depuis des ans; il
tenta de suivre une allée dont le dessin était visible encore; les arbres, livrés à eux-mêmes, la
barricadaient avec leurs branches.

Ce jardin avait dû autrefois être planté d'ar-

bres à fruits et d'arbres à fleurs ; des noisetiers
gros comme des chênes et des sumacs aux petites
billes d'un violet noir, poissés tels que des cassis,
emmêlaient leurs bras dans les têtes percluses de
vieux pommiers, aux troncs écuissés, aux plaies
pansées par des lichens; des buissons de bague-
naudes agitaient leurs gousses de taffetas gommé
sous des arbres bizarres dont Jacques ignorait le
pays et le nom, des arbres pointillés de boules
grises, des sortes de muscades molles, d'où
sortaient des petits doigts onglés, humides et
roses.

Dans cette bousculade de végétation, dans ces
fusées de verdures éclatant, à leur gré, dans tous
les sens, les conifères débordaient, des pins, des
sapins, des épicéas et des cyprès ; d'aucuns, gigantesques, en forme de toits pagodes, balançant
les cloches brunes de leurs pommes, d'autres
perlés de petits glands rouges, d'autres encore
granités de bleuâtres boutons à côtes, et ils élevaient leurs mâts hérissés d'aiguilles, arrondis-
saient des troncs énormes, cadranés d'entailles

d'où coulaient, pareilles à des gouttes de sucre
fondu, des larmes de résine blanche.

Jacques avançait lentement, écartant les arbustes, enjambant les touffes ; bientôt la route
devint impraticable ; des branches basses de
pins barraient le sentier, couraient en se retrous-
sant par terre, tuant toute végétation sous elles,
semant le sol de milliers d'épingles brunes, tandis que de vieux sarments de vignes sautaient
d'un bord de l'allée à l'autre dans le vide et, s'ac-
crochant aux fûts des pins, grimpaient autour
d'eux en serpentant jusqu'aux cimes et agitaient
tout en haut, dans le ciel, de triomphales grappes
de raisin vert.

Il regardait, étonné, ce chaos de plantes et
d'arbres. Depuis combien de temps ce jardin
était-il laissé à l'abandon? Çà et là de grands
chênes élancés de travers se croisaient et, morts
de vieillesse, servaient d'appui aux parasites qui
s'enroulaient entre eux, s'embranchaient en de
fins réseaux serrés par des boucles, pendaient,
tels que des filets aux mailles vertes, remplis

d'une rustique pêche de frondaisons ; des cognas-
siers, des poiriers se feuillaient plus loin, mais
leur sève affaiblie était inerte à procréer des
fruits. Toutes les fleurs cultivées des parterres
étaient mortes ; c'était un inextricable écheveau
de racines et de lianes, une invasion de chien-
dent, un assaut de plantes potagères aux graines
portées par le vent, de légumes incomestibles,
aux pulpes laineuses, aux chairs déformées et
suries par la solitude dans une terre en friche.

Et un silence qu'interrompaient parfois des
cris d'oiseaux effarouchés, des sauts de lapins
dérangés et fuyants planait sur ce désordre de
nature, sur cette jacquerie des espèces pay-
sannes et des ivraies, enfin maîtresse d'un sol
engraissé par le carnage des essences féodales et
des fleurs princières.

Mélancoliquement, il songeait à ce cynique
brigandage de la nature si servilement copié par
l'homme.

Quelle jolie chose que les foules végétales et
que les peuples ! se dit-il ; il hocha la tête, puis

sauta par-dessus les branches basses et ouvrit l'éventail des arbrisseaux qui se replia derrière lui, en refermant la route ; il aboutit à une grille en fer. Somme toute, ce jardin n'était point, ainsi qu'il le paraissait, très vaste, mais ses dépendances commençaient derrière la grille ; une allée seigneuriale, dévisagée par des coupes, descendait à travers bois vers une simple porte, à claire-voie, de chêne, communiquant avec le chemin de Longueville.

Il appuya sur cette grille ; elle s'ébranlait mais ne s'écartait pas ; des mousses tuyautées et craquantes l'obstruaient en bas, tandis que des plantes grimpantes enlaçaient ses barreaux autour desquels des clochettes de liserons encensaient le vent d'un parfum d'amande ; il fit de nouveau volte-face, brassa les taillis d'un vieux berceau dont les branches mortes cassaient, en bondissant comme des éclats de verre, et il finit par atteindre une brèche creusée dans le mur, sortit et se trouva derrière la grille.

Alors, il aperçut des traces d'anciens fossés

dont quelques-uns avaient encore gardé des lam
beaux de gargouilles aux gueules bâillonnées par
des pariét ires, aux cols ficelés par les cordons
des volubilis et les lanières en spirale des lam-
brusques, et il tomba sur la lisière d'un bois de
marronniers et de chênes. Il s'engagea dans un
sentier, mais bientôt le chemin devint impéné-
trable ; le lierre dévorait ce bois, couvrait la terre,
comblait les excavations, aplanissait les monti-
cules, étouffait les arbres, s'étendait en haut,
comme un tamis à larges mailles, en bas comme
un champ creux, d'un vert noir, jaspé çà et là
par l'herbe aux couleuvres d'aigrettes d'un vermillon vif.

Une sensation de crépuscule et de froid descendait de ces voûtes épaisses qui blutaient un
jour dépouillé d'or et filtraient seulement une
lumière violette sur les masses assombries du
sol ; une odeur forte, âpre, quelque chose comme
la senteur de l'urine des sangliers montait de la
terre pourrie de feuilles, bousculée par les taupes, ébranlée par les racines, éboulée par l'eau.

Cette impression d'humidité qui l'avait glacé, la veille, dès ses premiers pas dans le château, le ressaisit. Il dut s'arrêter, car ses pieds butaient dans des trous, s'empêtraient dans les trappes du lierre.

Il rebroussa chemin, suivit la lisière du bois et longea les derrières du château qu'il n'avait point vus. Ce côté, privé de soleil, était lugubre. Vu devant, le château demeurait imposant, malgré la misère de sa tenue et le délabrement de sa face; au grand jour, sa vieillesse s'animait même, devenait, en quelque sorte, accueillante et douce; vu de dos, il apparaissait morne et caduc, sordide et sombre.

Les toits si gais au soleil, avec leur teint basané piqué par le guano de mouches blanches, devenaient dans cette ombre tel qu'un fond oublié de cage, d'une saleté ignoble; au-dessous d'eux, tout cahotait; les gouttières chargées de feuilles, gorgées de tuiles, avaient crevé et inondé d'un jus de chique les crépis excoriés par le vent du Nord; les agrafes des tuyaux de descente

s'étaient rompues et d'aucuns pendaient retrous-
sés et agitaient en l'air leurs manches vides ;
les fenêtres étaient démantibulées, les volets
fracturés, recloués à la hâte, bandés par des
planches, les persiennes vacillaient, dégar-
nies de lames, déséquilibrées par des pertes de
gonds.

En bas, un perron fracassé de six marches,
creusé en dessous d'une niche ébouriffée d'herbes
accédait à une porte condamnée dont les ais fendus étaient rejoints et comme bouchés par le
noir du vestibule fermé, situé derrière.

En somme les infirmités d'une vieillesse horrible, l'expuition catarrhale des eaux, les coupe-
roses du plâtre, la châssie des fenêtres, les fis-
tules de la pierre, la lèpre des briques, toute une
hémorragie d'ordures, s'étaient rués sur ce ga-
letas qui crevait seul à l'abandon, dans la solitude cachée du bois.

Cet éblouissement de lueurs, cette pluie de
soleil qui avait abattu le grand vent d'angoisse
dont il était souffleté, la veille, avaient pris fin.

Une indicible tristesse lui serrait à nouveau le cœur. Le souvenir de l'affreuse nuit dans cette ruine renaissait, avec la honte, maintenant qu'il faisait clair et que la lucidité du jour se réverbérait quand même dans son esprit, d'avoir été si profondément énervé par cette station dans les ténèbres.

Et, cependant, il se sentait encore envahi par de singuliers malaises. Cet isolement, ce bois humide, cette lumière qui se décantait violâtre et trouble sous ses voûtes, agissaient comme l'obscurité et le froid du château dont ils rappelaient la mélancolie maladive et sourde.

Il frissonna et s'exaspéra en même temps au ridicule souvenir de sa lutte dans l'escalier contre un chat-huant. Il tenta de s'analyser, s'avoua qu'il se trouvait dans un état désorbité d'âme, soumis contre toute volonté à des impressions externes, travaillé par des nerfs écorchés en révolte contre sa raison dont les misérables défaillances s'étaient, quand même, dissipées depuis la venue du jour.

4

C∃tte lutte intime l'accabla. Il se hâta pour s'y soustraire, espérant que ce mal être disparaîtrait dans des lieux moins sombres.

Il gagna à grands pas une route chinée de raies de soleil, qu'il apercevait au bout du château et des taillis et ses prévisions semblèrent se réaliser dès qu'il eut atteint ce chemin qui séparait les dépendances du château des biens de la commune. Il se sentit allégé; les talus d'herbe étaient secs; il s'assit et, d'un coup d'œil, enfila les tours, les vergers, les bois, oublia ses ennuis, imprégné qu'il fut subitement par l'engourdissante tiédeur de ce paysage dont les souterraines effluves lui déglaçaient l'âme.

Ce délai fut de durée brève. La marche de ses pensées revenant en arrière sur les routes effarées, parcourues la nuit, recommença, mais plus ordonnée et plus précise. Maintenant qu'il était sorti de ce bois dont l'atmosphère suscitait par le retour d'un milieu imaginairement analogue des sensations semblables à celles qu'il avait subies, dans le château, la veille, il rougissait de ses appréhensions, s'indignait de ses malaises et de ses transes.

Ce vague sentiment de honte qu'il avait éprouvé, en entrant tout à l'heure sous la futaie, et en songeant aux événements de la nuit, se décidait ; alors qu'il respirait à pleins poumons, au soleil, il n'admettait plus comme sous les arceaux glacés du lierre, ces involontaires frissons qui lui avaient, dans le château, sillé l'échine. Il tenta de détourner sa mémoire de cette piste, de la jeter dans une voie de traverse loin de la campagne, loin du château de Lourps ; quand même, elle revint à sa vie présente, sautant par-dessus les années d'enfance qu'il évoquait, par-dessus Paris dont il s'ingéniait à se suggérer l'image, par-dessus même ses ennuis d'argent qu'il appelait à l'aide.

Il haussa les épaules, comprenant que sa pensée ne s'égarerait pas, qu'elle ne pourrait, malgré tous ses efforts, s'éloigner de cette impérieuse veille ; alors il s'efforça de la faire au moins dévier de ses transes, de la conduire et de la fixer sur les seuls événements de la nuit dont la récurrence ne lui fût pas odieuse. Il ferma les yeux pour mieux s'abstraire et songer de nouveau à cet étonnant rêve qu'il avait vu se dérouler devant lui, pendant un somme.

Il cherchait à se l'expliquer. Où, dans quel temps, sous quelles latitudes, dans quels parages pouvait bien se lever ce palais immense, avec ses coupoles élancées dans la nue, ses colonnes phalliques, ses piliers émergés d'un pavé d'eau miroitant et dur ?

Il errait dans les propos antiques, dans les vieilles légendes, choppait dans les brumes de l'histoire se représentait de vagues Bactrianes, d'hypothétiques Cappadoces, d'incertaines Suzes, imaginait d'impossibles peuples sur lesquels pût régner ce monarque rouge, tiaré d'or, grénelé de gemmes.

Peu à peu cependant une lueur jaillit et les souvenirs des livres saints en dérive dans sa mémoire se ressoudèrent, les uns aux autres, et convergèrent sur ce livre où Assuérus, aux écoutes d'une virilité qui s'use, se dresse devant la nièce de Mardochée, l'auguste entremetteur, le bienheureux truchement du Dieu des Juifs.

Les personnages s'éclairaient à cette lueur, se délinéaient aux souvenirs de la Bible, devenaient reconnaissables ; le Roi silencieux, en quête d'un rut, Esther macérée, douze mois durant, dans les aromates, baignée dans les huiles, roulée dans les poudres, conduite, nue, par Egée l'eunuque, vers la couche rédemptrice d'un peuple.

Et le symbole se divulguait aussi de la Vigne géante, sœur, par Noé, de la Nudité charnelle, sœur d'Esther, de la Vigne s'alliant pour sauver Israël, aux appas de la femme, en arrachant une essentielle promesse à la luxurieuse soûlerie d'un Roi.

Cette explication semble juste, se dit-il, mais comment l'image d'Esther était-elle venue l'assaillir, alors qu'aucune circonstance n'avait pu raviver ces souvenirs si longuement éteints ?

Pas si éteints que cela, reprit-il, puisque sinon

4.

le texte, du moins le sujet du Livre d'Esther me revient, à ce moment, si net.

Malgré tout, il s'entêtait à chercher dans la liaison plus ou moins logique des idées les sources de ce rêve ; mais il n'avait pas lu de livres stimulant par un passage quelconque un rappel possible d'Esther ; il n'avait vu aucune gravure, aucun tableau dont le sujet pût l'induire à y penser ; il devait donc croire que cette lecture de la Bible avait été couvée pendant des années dans une des provinces de sa mémoire pour qu'une fois la période d'incubation finie, Esther éclatât comme une mystérieuse fleur, dans le pays du songe.

Tout cela est bien étrange, conclut-il. Et il demeura pensif, car l'insondable énigme du Rêve le hantait. Ces visions étaient-elles, ainsi que l'homme l'a longtemps cru, un voyage de l'âme hors du corps, un élan hors du monde, un vagabondage de l'esprit échappé de son hôtellerie charnelle et errant au hasard dans d'occultes régions, dans d'antérieures ou futures limbes ?

Dans leurs démences hermétiques les songes avaient-ils un sens? Artémidore avait-il raison lorsqu'il soutenait que le Rêve est une fiction de l'âme, signifiant un bien ou un mal, et le vieux Porphyre voyait-il juste, quand il attribuait les éléments du songe à un génie qui nous avertissait, pendant le sommeil, des embûches que la vie réveillée prépare?

Prédisaient-ils l'avenir et sommaient-ils les événements de naître? n'était-il donc pas absolument insane le séculaire fatras des oniromanciens et des nécromans?

Ou bien encore était-ce, selon les modernes théories de la science, une simple métamorphose des impressions de la vie réelle, une simple déformation de perceptions précédemment acquises?

Mais alors comment expliquer par des souvenirs ces envolées dans des espaces insoupçonnés à l'état de veille?

Y avait-il, d'autre part, une nécessaire association des idées si ténue que son fil échappait à l'analyse, un fil souterrain fonctionnant dans l'obscurité de l'âme, portant l'étincelle, éclairant tout d'un coup ses caves oubliées, reliant ses celliers inoccupés depuis l'enfance ? les phénomènes du rêve avaient-ils avec les phénomènes de l'existence vive une parenté plus fidèle qu'il n'était permis à l'homme de le concevoir ? Était-ce tout bonnement une inconsciente et subite vibration des fibres de l'encéphale, un résidu d'activité spirituelle, une survie de cerveau créant des embryons de pensées, des larves d'images, passés par la trouble étamine d'une machine mal arrêtée, mâchant dans le sommeil à vide ?

Fallait-il enfin admettre des causes surnaturelles, croire aux desseins d'une Providence incitant les incohérents tourbillons des songes, et accepter du même coup les inévitables visites des incubes et des succubes, toutes les lointaines hypothèses des démonistes, ou bien convenait-il de s'arrêter aux causes matérielles, de rapporter exclusivement à des leviers externes, à des troubles de l'estomac ou à d'involontaires mouvements du corps, ces divagations éperdues de l'âme ?

Il importait, dans ce cas, de ne point douter des prétentions à tout expliquer de la science, de se convaincre, par exemple, que les cauchemars sont enfantés par les épisodes des digestions, les rêves sibériens par le refroidissement du corps débordé et resté nu, l'étouffement par le poids d'une couverture, de reconnaître encore que cette fréquente illusion du dormeur qui saute dans sa couche, s'imaginant dégringoler des marches ou tomber dans un précipice du haut d'une tour, tient uniquement, ainsi que l'affirme Wundt, à une inconsciente extension du pied.

Mais, même en supposant l'influence des excitants extérieurs, d'un bruit faible, d'un léger attouchement, d'une odeur restée dans une chambre, même en admettant le motif des congestions et des retards ou des hâtes du cœur, même en consentant à croire, comme Radestock, que les rayons de la lune déterminent chez le dormeur qu'ils atteignent des visions mystiques, tout cela n'expliquait pas ce mystère de la psyché devenue libre et partant à tire-d'aile dans des paysages de féerie, sous des ciels neufs, à travers des villes ressuscitées, des palais futurs et des régions à naître, tout cela n'expliquait pas surtout cette chimérique entrée d'Esther au château de Lourps!

C'est à s'y perdre; il est certain pourtant, se dit-il, que, quelle que soit l'opinion qu'ils professent, les savants ânonnent.

Ces inutiles réflexions avaient, du moins, dérivé le ru de ses pensées qui s'écartaient de leur première source; le soleil commençait à lui chauffer le dos et à lui couler à son insu un fluide de joie dans les veines. Il se leva et regarda, derrière lui, le paysage qui s'étendait à ses pieds, à perte de vue, pendant des lieues entièrement plates, un paysage écartelé par deux grandes routes d'une longue croix blanche entre les bras de laquelle courait, fouettée par le vent, une fumée nuancée de vert par les seigles, de violet par les luzernes, de rose par les sainfoins et par les trèfles.

Il éprouvait le besoin de marcher, mais il ne voulut pas revenir par le même chemin ; il longea des murs qui montaient, en faisant des coudes, s'avançant lentement, bombant le dos, écoutant le lent bourdonnement de l'air, humant la terreuse odeur du vent qui balayait la route. Il se promenait maintenant entre des pommiers et des vignes. Subitement, il aperçut une porte entre-bâillée, et se trouva dans un verger au bout duquel apparaissait la tour en éteignoir du pigeonnier.

— Hé là ! fit une voix à gauche — tandis qu'un roulement de brouette arrivait sur lui.

C'était la tante Norine.

— Eh ! ben ! ça ira-t-il, ce matin, mon neveu ?

Et elle posa les bras de sa brouette à terre.

— Mais oui... et l'oncle Antoine ?

— Il travaille dans la cour à cette heure, il fait le rain.

— Il fait quoi ?

— Le rain.

Devant la mine ahurie de Jacques, la tante Norine s'esclaffa. — Mais oui, il fait avec du grès le chaudron qu'est sale.

Jacques finit par comprendre. — L'airain, fit-il.

— Oui, le rain, c'est en quoi qu'il est le chaudron.

— Et votre vache qui est grosse?

— M'en parle pas, m'en parle pas, mon garçon; pauvre bête, quand j'y pense, ça lui travaille, ça lui tire, mais ça ne pousse pas encore. Je m'en vas, car, vois-tu, faut que j'aille chez le berger, par rapport à elle.

Et elle reprit son chemin, droite sous son chapeau de paille, plate sous son canezou, les reins martialement cahotés par son pas militaire, les coudes tremblant sous l'effort de la brouette qui la précédait dans sa marche.

— A tout à l'heure, tiens, là. — Et d'un mouvement de tête, elle lui indiquait un petit sentier à suivre au bout duquel il entrevit, en effet, dans une mare de soleil, l'oncle Antoine qui récurait un chaudron de cuivre.

Il râpa ses doigts aux siens.

— Je viens de quitter Louise, dit le père Antoine, en posant son chaudron à terre.

— Elle est donc levée ?

— Oui, paraît même que la nuit n'a pas été bonne ; et il ajouta que, l'avant-veille, lui et sa femme avaient dû massacrer deux chats-huants pour prendre possession de la chambre.

— Oh ! il n'y a pas de danger ici ; il n'y a pas de voleurs, reprit-il, après un silence, comme se parlant à lui-même ou répétant la réponse faite à une demande que Louise lui avait sans doute adressée ; seulement, tout de même, tu sais, faudrait pas, la nuit, prendre tes aisances du côté du bois.

— Ah ! et pourquoi ?

— Ben, parce qu'il y a des braconniers qui n'aiment pas qu'on les dérange.

— Mais, en votre qualité de régisseur, vous devez les pourchasser, je pense.

5

— Sans doute, sans doute, mais vois-tu, à ce
métier-là, mon garçon, j'attraperais des prunes;
vaut mieux, pas vrai, qu'ils mangent le lapin ou
qu'ils me le vendent à très bon compte. — Et le
vieux cligna de l'œil. Mais voyons, sieds-toi, t'as
le temps, car ta femme est loin à cette heure, elle
est à Savin avec ma sœur, tu sais, Armandine,
ma sœur charnelle, qui l'a emmenée dans sa voiture pour les provisions ; elle ne reviendra pas
tant qu'il ne sera une heure.

Jacques s'assit près du père Antoine sur un
tronc d'arbre.

Il reconnaissait maintenant la petite maison
dans laquelle il avait dîné, la veille. Au jour, elle
lui parut encore plus minable et plus basse, avec
son toit dépaillé, sa porte d'étable, ses hangars
chancelants qui s'appuyaient sur elle, pleins de
liasses de fourrage, de tonneaux et de bêches.

La senteur de la vacherie lui arrivait, chauffée
par la tôle d'un ciel séché pendant la nuit, devenu
plan, sans flocons, d'un bleu presque dur. Jacques
finit par ne plus écouter le vieux qui patoisait, la

figure dorée par les reflets de son chaudron.

Machinalement il roulait entre ses doigts la tige creuse d'un pissenlit dont les poils couraient sur sa culotte, chassés par des pichenettes; puis il regarda les poules, des poules cailloutées de noir qui picoraient du bout du bec, puis grattaient furieusement le sol avec l'étoile de leurs pattes et le repiquaient encore d'un coup bref; çà et là, des poussins filaient pareils à de petits rats dès que le coq s'approchait, lançant brusquement son cou, secouant, comme pour s'envoler, ses plumes.

Il finissait par s'endormir, grisé par l'odeur du fumier et des bouses ; un cri du coq le tira de sa torpeur; il ouvrit un œil ; le père Antoine fourgonnait maintenant sous le hangar. Jacques bâilla, puis s'intéressa à une troupe de canards qui marchait, en se balançant, sur lui. A six pas ils s'arrêtèrent, tournèrent court et s'élancèrent en faisant clapoter la pince citron de leur bec contre un morceau de vieux bois, l'écaillant et gobant les cloportes qui, découverts, fuyaient en hâte.

— Ah ! çà, tu dors, fit l'oncle Antoine, viens avec moi jusqu'à la côte de la Graffigne, ça te réveillera.

Mais le jeune homme refusa : il préférait aller visiter les chambres du château.

Il était, en effet, curieux de sonder l'intérieur de cette bâtisse et de s'assurer, avant la nuit, s'il ne serait pas possible de s'installer dans une pièce mieux fermée et moins triste.

Il se sentait épuisé par son voyage en chemin de fer, par sa trotte à pied, par sa nuit vide. Il lui semblait avoir du feu dans la paume des mains et des bouffées de chaleur lui passaient auprès des tempes. Chemin faisant, il se raisonna ; s'il était agité par cette vague et tyrannique crainte, possédé par cette préoccupation de sécurité, par ce besoin de vigie, hanté par cet inexplicable rêve qui l'obsédait maintenant encore, cela tenait simplement à son état d'énervement et de fatigue, à son déséquilibre, préparé par les inquiétudes et les soucis, décidé par un changement de milieu brusque.

Une bonne nuit me libérera de ce malaise ; en attendant, examinons, se dit-il en pénétrant dans le vestibule du château, toutes les pièces du bas.

Il entra dans la cuisine, sombre, éclairée par des jours de souffrance, pareille à un cachot de théâtre, avec sa voûte cintrée, ses portes basses, arrondies du haut, sa cheminée à hotte, son carreau brut ; puis il tomba dans une série de casemates sinistres, au plancher de terre battue, creusé par des affouillements, troué dans son sol marneux d'yeux en eau noire ; il tourna bride, revint par les pièces déjà parcourues la nuit ; elles lui semblèrent encore plus détériorées, plus lenticulées par des sels de nitre, plus en voirie dans ce bain de soleil qui arrosait la suintante charpie des papiers pendus aux murs ; enfin il s'engagea dans l'autre aile et vagua au travers des chambres désertes. Toutes étaient semblables, immenses, surplombées de hauts plafonds, mal parquetées, montrant des lambourdes pourries, puant le champignon, sentant le rat. Elles sont inhabitables, se dit-il ; il finit par aboutir à une chambre à coucher, très grande, parée de deux cheminées, une à chaque angle.

Cette pièce était superbe, boisée de lambris gris rechampis de filets angélique, surmontés de trumeaux au-dessus des portes, percée de deux larges fenêtres aux volets clos.

— Mais voilà mon affaire ! Explorons cela de près.

Il descella les espagnolettes des croisées, se cassa les ongles contre les volets qui, en grinçant, cédèrent. Alors il resta désappointé ; cette chambre gardait une apparence de santé dans l'ombre, mais à la lumière, elle était d'une vieillesse exténuée, ignoble ; son plafond en anse renversée pliait ; les feuilles soulevées du parquet se tenaient bout à bout ; des placards aux papiers collés sur châssis étaient crevés et laissaient voir à nu une toile à cataplasme laudanisée par les rouilles ; une sueur de café coulait sans relâche sur les lames persillées des plinthes et d'énormes chapelets s'égrenaient le long des frises, des chapelets aux fils imités par des lézardes, aux grains signifiés par les pâles ampoules des moisissures.

Il s'approcha de l'alcôve, constata qu'elle était sillonnée de vermicelles et taraudée par les termites. Un coup de poing et tout croulait. Quelle ruine! — cette chambre était peut-être la plus maltraitée de toutes. Une petite porte située près de l'alcôve l'attira; elle ouvrait sur un cabinet de toilette garni de rayons; une étrange odeur s'échappait de cette pièce, une odeur de poussière tiède, au fond de laquelle filtrait comme un parfum très effacé d'éther.

Ce relent l'attendrit presque, car il suscitait en lui les dorlotantes visions d'un passé défait; il semblait la dernière émanation des senteurs oubliées du xviiie siècle, de ces senteurs à base de bergamote et de citron, qui, lorsqu'elles sont éventées, fleurent l'éther. L'âme des flacons autrefois débouchés revenait et souhaitait une plaintive bienvenue au visiteur de ces chambres mortes.

C'était probablement le cabinet de toilette de

cette marquise de Saint-Phal dont le père Antoine avait, lors de ses voyages à Paris, souvent
parlé.

Et cette chambre à coucher était sans doute
aussi la sienne. La tradition paysanne représentait la marquise, effilée, mignarde, alanguie,
presque dolente. Tous ces détails se rappelaient,
les uns les autres, se groupaient, puis se fon-
daient en une image poudrée de jeune femme,
rêvant dans une bergère, et se chauffant les
pieds et le dos, entre les deux cheminées, aux
âtres rouges.

Comme tout cela était loin ! les frileux appas
de la femme dormaient dans le cimetière, à côté
de lui, derrière l'église ; la chambre était, elle
aussi, trépassée et puait la tombe. Il lui semblait
violer une sépulture, la sépulture d'un âge ré-
volu, d'un milieu défunt ; il referma les volets et
les portes, regagna l'escalier, monta au premier
étage jusqu'à sa chambre, tourna et commença
de visiter l'aile droite.

Son étonnement s'accrut ; c'était une véritable

folie de portes ; cinq ou six ouvraient sur un long corridor ; il poussait une porte et trois autres se présentaient aussitôt, fermées dans une pièce noire ; et toutes donnaient sur des lieux de débarras, dans des niches obscures qui se reliaie nt entre elles par d'autres portes et aboutissaient généralement à une grande salle éclairée, sur le parc, une salle en loques, pleine de débris et de miettes.

Quel abandon! se disait-il. Il ressortit et visita l'autre aile ; sans espoir du reste, il pénétra par de nouvelles portes dans d'autres chambres, s'égara dans ce labyrinthe, revenant à son point de départ, pivotant sur lui-même, perdant la tête dans cet inextricable fouillis de cabinets et de pièces.

Il faisait, à lui seul, un dur vacarme ; ses pas sonnaient dans le vide ainsi que des bottes de bataillons en marche ; les gonds oxydés grinçaient à chaque secousse et les fenêtres ébranlées criaient.

Il finissait par s'exaspérer dans tout ce bruit

quand il échoua, au bout du château, dans un
salon immense, garni de rayons et d'armoires.
Il recula les volets d'une croisée et dans un
jet de lumière, la physionomie de ce lieu
parut.

C'était l'ancienne bibliothèque du château ; les
armoires avaient perdu leurs vitres dont les
éclats craquaient sous ses souliers, dès qu'il bougeait ; le plafond se cuvait par places, s'écail-
lait, pleuvait les pellicules de ses plâtres sur la
poudre du verre qui sablait le plancher de petites
lueurs ; derrière lui, le jeune homme s'aperçut
qu'un sureau poussait, au travers d'une fenêtre
crevée, dans la pièce et époussetait de ses branches les loupes et les cloques soulevées par l'humidité des murs. En bas, en haut, tout s'avariait,
se porphyrisait, s'écalait, se cariait, tandis qu'en
l'air d'énormes araignées de grange, estampées
sur le dos d'une croix blanche, se balançaient,
dansant de silencieuses chaconnes, les unes en
face des autres, au bout d'un fil.

Ainsi que dans la chambre à coucher de la

marquise, il restait songeur; cette bibliothèque,
si délabrée, avait dû vivre. Qu'étaient devenus
tous les veaux jaspés, tous les maroquins à gros
grains, bleu gendarme ou vin de Bordeaux, tête
de More ou myrte, les peaux du Levant, armo-
riées sur les plats et dorées sur les tranches ;
qu'était devenue l'indispensable mappemonde,
avec ses têtes d'anges bouffis, soufflant de leurs
joues gonflées, à chacun des points cardinaux ;
qu'étaient devenus la table en bois d'amarante
et de rose, les meubles contournés aux sabots
dorés à l'or moulu et aux pieds tors ?

Comme les prés, comme les bois maintenant
dépecés par les paysans, ils avaient sans doute
disparu dans la bourrasque des pillages et des
ventes !

—Allons, en voilà assez, soupira-t-il, en refermant la porte ; ma femme a raison ; dans cet immense château, un seul endroit vit.

Il retrouva le couloir de dégagement et, une
fois de retour dans l'escalier, il gagna les com-
bles. Il n'eut point le courage de se promener

dans les mansardes. Il se contenta d'entre-bâil-
ler une porte, vit le ciel surgissant par des trous
non bouchés de tuiles, et redescendit, s'imaginant, par comparaison, que la pièce choisie par
Louise était charmante.

Mais cette impression ne dura guère ; elle s'é-
vanouit dès qu'il s'approcha de la fenêtre. Cette
croisée s'éclairait sur le derrière du château devant le bois noir, mangé de lierre. Il sentit un
frisson lui friper le dos et il se dirigea vers la
cour.

Il rôda encore autour du château, cherchant
si, par des fermetures solides, il pourrait se mettre à l'abri, dès l'ombre, des maraudeurs et des
bêtes ; les portes se refusaient bien à s'ouvrir
sans coups de pieds ou pesées d'épaules, mais la
plupart avaient perdu leur clef ou devaient fermer
par des loquets maintenant perdus et des bobi-
nettes privées de gâches. Il inspecta les alentours ; le parc n'était même pas clos du côté du
bois ; nul mur et nulle haie ; tout le monde pouvait entrer.

C'est vraiment par trop primitif, se dit-il;
puis accablé de sommeil il s'en fut au jardin, s'é-
tendit sur la pelouse, et, une fois de plus, la
fringante clarté du ciel lui retourna l'âme, car
ses pensées viraient comme celles de tous les
gens dont le corps est las, suivant des impressions purement externes. Il eut un soupir de satisfaction et s'endormit, le dos douillettement
emboîté dans la ouate des mousses, la face lentement rafraîchie par l'éventail résineux des pins.

IV

Le lendemain, dès l'aube, vers les quatre heures, un coup de poing culbuta dans la chambre le battant de la porte. Réveillés en sursaut, Jacques et Louise virent, effarés, devant eux, l'oncle Antoine debout, dans une latrinière exhalaison de purin tiède.

— Mon neveu, fit-il, la bouteille passe !

— Quelle bouteille ?

— Eh pardi, celle de la bête ! Que je vous dise. Norine a couru vers le village chercher le berger; moi, je peux pas être partout à la fois et j'ai crainte que la Lizarde, elle ne vêle, avant qu'ils aient monté la côte.

— Mais, dit Jacques en enfilant sa culotte, je

ne suis pas sage-femme et j'ignore l'art de traiter la gésine des vaches ; aussi je ne vois pas. bien à quoi je pourrai vous être utile.

— Si da ; tant que ta femme allumera le feu et chauffera le vin pour la Lizarde, toi, tu pourras me donner un coup de main, en attendant que Norine et François arrivent.

Louise fit un signe à son mari, puis : je vous suis, dit-elle, allez devant que je m'habille.

En route, Jacques ne put s'empêcher de rire, en contemplant la figure de l'oncle, variolée de points noirs.

— Ah çà, qu'avez-vous sur le visage ?

Le vieux cracha dans sa main, se la frotta sur les joues et l'examina.

— Ben, c'est des chiures ! j'ai dormi la nuit dans l'étable et, vrai, y en a, mon neveu, des mouches près du bestial !

Et il hâta le pas, arquant ses courtes jambes, rognonnant tout seul, râpant ses doigts sur la brosse de son menton, puis se grattant la tête sous son bonnet jambonné par les crasses.

Quand il ouvrit la porte de l'étable, Jacques vacilla. Une corrosive touffeur d'alcali traversée par des milliers de mouches lui perça la vue d'aiguilles et lui térébra de sifflements ronds les ouïes. L'étable, mal éclairée par une lucarne, était trop petite pour contenir ses quatre vaches, serrées, les unes contre les autres, sur des litières empoicrées par d'excrémentielles tartes.

— Ma piauvre Lizarde ! ma piauvre bête ! gémissait le père Antoine, en s'approchant de celle qui beuglait sourdement et le regardait, la tête retournée, de ses grands yeux vides. — Et, écartant à coups de souliers les autres, il caressa la Lizarde, lui parla bas ainsi qu'à un enfant, lui prêta des noms d'amoureuses, l'appela « ma fanfan, ma fifille », l'encouragea à supporter le « mal joli », lui affirmant que si elle poussait ben, ça ne serait que l'affaire d'un moment, après quoi elle reprendrait sa taille.

Tout en se frottant le crâne, il disait à Jacques..... — C'est qu'elle passe de plus en plus la bouteille ! Bon sang de bon Dieu ! Qu'est-ce qu'elle

fout donc, Norine ? — En attendant, je vas toujours préparer de la filasse pour tirer le veau ;
et, tout en tordant ses écheveaux, comme la Lizarde continuait à meugler, il vanta, pour la ré-
conforter sans doute, la sûreté de son affection et
les qualités de ses pis.

— Suppose que tu la traies, mon neveu, eh
ben, elle te donnerait à peine du lait ! elle s'a-
bandonne qu'avec Norine ; elle perd tout pour
elle ; ah dame ! c'est point quand on aime, comme
quand on aime point ! et elle est, comme le
monde, la Lizarde, elle aime ceux qui la soi-
gnent !

Et les autres, c'est tout de même aussi comme
elle ! — et il désignait les trois vaches qu'il inter-
pella par leurs noms. « La Si Belle, la Barrée,
la Noire », qui regardaient, d'un œil indifférent,
leur camarade mugissant maintenant, la tête
levée, vers la lucarne.

— Je vas toujours y graisser la naissance, ça la
soulagera, pensa le père Antoine, qui versa de
l'huile dans une assiette, puis relevant la queue

avec une main, enduisit avec l'autre les géni-
toires enflammés de la bête.

— Te vlà ! dit-il, en se retournant vers Louise
qui arrivait. Fais vite du vin chaud et prépare dans le seau avec du son une bonne eau
blanche.

Qu'est-ce que t'as ? — et voyant sa nièce pâlir,
il grommela entre ses dents : sacrées femelles !
c'est seulement pas décidées à aider les hommes !
Louise blêmissait, car cette terrible odeur de
l'étable lui chavirait le cœur ; Jacques la soutenait
à la porte lorsque des éclats de voix annoncèrent
la tante Norine.

— Ah ben, cria l'oncle, qui ne s'occupa plus
du malaise de sa nièce ; ah ben, c'est pas tôt ! si
vous n'êtes pas restés deux heures, vous n'en êtes
pas restés une ; quoi donc que vous foutiez en
route ?

— Eh, j'ons verdé le plus que j'ai pu, mon
homme, fit le berger qui souleva sa casquette, en
voyant Jacques.

Et il entra dans l'étable, assourdi par les piaillements de Norine qui baisait sur les bajoues sa vache dont les mugissements s'accéléraient, en se prolongeant.

— J'ai idée que ça va y être, dit le berger, qui enleva son gilet à manches et recula sa casquette sur la nuque.

Des formes pointues de pieds se dessinaient dans le ballon diaphane qui sortait de la vache. Le berger creva l'enveloppe et les pieds apparurent, pas tout à fait crus, mais saignants comme ces pieds de mouton mal cuits, servis dans des restaurants aux prix infimes ; et Jacques, resté sur le seuil, vit les deux hommes entrer sous le derrière de la vache des bras nus et des mains enroulées de filasse et tirer, en sacrant, tandis que la bête ébranlait par ses beuglements l'étable.

— Bon sang de bon Dieu ! tiens bon, mon homme ; non, non, va droit ; c'est qu'il pèse, le bougre ! — Et tout à coup une masse gluante, énorme, déboula dans des éclaboussures de lochies et de glaires, sur un tas préparé de paille, pendant que l'entaille rouge ouverte sous la croupe de la vache se refermait, comme mue par un ressort.

— Eh! nom de Dieu! tiens-le, ah! le sacré cosaque! grondait l'oncle, en bouchonnant le veau qui tentait de se lever sur ses pattes de devant et lançait de tous les côtés des coups de tête.

Norine entra avec un seau fumant de vin.

— Vous n'avez pas mis d'avoine dedans? demanda le berger.

— Non, mon homme.

— C'est ben alors, parce que, voyez-vous, ça échauffe; du chénevis si vous en avez, mais pas d'avoine. — Et l'on approcha le seau de la bête remise sur pattes et dont la vulve saignait des stalactites de morves roses.

La Lizarde lappa le vin d'un trait. Alors Norine s'agenouilla et se mit à la traire; elle avait l'air de sonner les cloches et les mamelles fusaient, sous ses doigts humectés par une goutte de lait, une boue jaune bouillonnée de mousse.

— Tiens, bois, fit-elle, à la vache qui avala, en deux coups de langue, la purée de ses pis.

— Pour un beau veau, c'est un beau veau, dit
le berger, en étanchant ses doigts avec un bou-
chon de paille ; la tante Norine demeurait en
extase, les mains tombées sur le ventre et jointes.

La vache se remit à mugir.

— Ah çà, t'as pas fini de gueuler comme ça,
chameau! clama Norine. — Fous-y donc sur le
museau, à cette carne-là ! reprit l'oncle qui s'es-
suyait le front d'un revers de manche.

Il n'y avait plus de « fanfan » et de « fifille »,
plus d'appellations amoureuses, plus d'encoura-
gement à bien vêler ; l'accouchement avait été
des plus simples et le veau était né viable ; en
même temps que leur inquiétude pécuniaire,
leur tendresse avait pris fin.

Il ne s'agissait plus maintenant que de se reposer, en buvant un verre.

Ils rentrèrent dans la cahute et Norine sortit
de l'armoire la bouteille à potion qui contenait
de l'eau-de-vie et elle emplit les verres; tout le
monde trinqua et les vida d'un coup.

Puis Antoine se prit à causer avec le berger des

délivrances, célèbres dans le pays, de certaines vaches.

— Dis-y donc au neveu, François, combien qu'il a fallu d'hommes pour faire vêler la vache à Constant ?

— Oh, Monsieur, fit le berger, en se tournant vers Jacques, il en a fallu huit, et des hommes qu'avaient du sang, allez! — ah! je peux dire que j'ai été outré de sueur, ce jour-là! Oui, mon cher Monsieur, j'ai dû, sauf votre respect, enfoncer mon bras dans le trou du cul de la bête, pour y tournibuler le veau et le faire descendre par la naissance; et, c'est pas pour dire, mais il y a là, comme séparation, une peau qu'est ben vétilleuse !

— Aussi, dit le père Antoine, t'es recommandé à la ronde comme un berger qu'a de la connaissance...

— Oui, et des fois que j'ai dit qu'il n'y a rien à faire, on peut aller chercher le vétérinaire de Provins, il a pas belle de s'en charger ; au reste il le sait, cet homme, car une fois venu il a vite fait de cracher et de remonter dans sa carriole.

— Ah ben, c'étant! s'écria Norine, en approuvant du chef.

Jacques regardait le berger tandis qu'il parlait. C'était un petit homme, maigre, tortueux, un peu bancroche avec un profil dur, à la Bonaparte, et des yeux clairs qui riaient par instants et décelaient, avec un pli de la bouche rasée, une incurable ruse. Il avait aux pieds de ces chaussons de lisière, tressés, noirs et blancs, qu'on appelle, dans ce coin de la Brie, « des bamboches, » une chemise à raies bleues, un gilet à manches de lustrine noire, une culotte de velours à côtes, retenue par un ceinturon de cuir, en bandoulière une corne de fer-blanc et sur l'épaule un fouet.

— Allons, un verre, reprit Norine ; et de nouveau, l'on trinqua. François s'essuya les lèvres d'un revers de main et, après quelques recommandations, il descendit, en clopinant, la côte.

Alors pressé de questions par son neveu, le père Antoine parla du berger ; il expliqua qu'il était maintenant riche. Ah! c'est que c'était là un bon métier! — Tiens, il achète un taureau de deux ans quatre cents francs et il le revend six quand il a quatre ans : et pendant ce temps-là, son robin qu'est le seul dans le village, lui fait des rentes !

Et il énuméra le profit : deux francs par tête de vache, l'an, — puis un boisseau de blé et de seigle, des œufs à la Pâques, un fromage mou, quand la vache vêle, du vin à la vendange ; et quoi qu'il a à faire, je te le demande, à entretenir son robin pour qu'il soit toujours vif, à conduire le bestial du village dans le pré et à soigner ses bobos quand il en a. — Ah! oui, c'est un bon métier, reprit le vieux, en réfléchissant. François a maintenant sa suffisance...

— Mais combien y a-t-il de vaches à Jutigny ?

— Ben, je compte qu'il y en a pour l'heure deux cent vingt-cinq.

— Et d'habitants ?

— Ça va vers les quatre cents, mon garçon.

Il y eut un temps de silence. Louise et Norine

revinrent de l'étable où la jeune femme s'était aventurée, afin de voir le veau.

— Si tu savais comme il est gentil, dit-elle à son mari; crois-tu, il boit dans un verre!

— Oui, en y ouvrant la gueule de force et il gigote! répondit la tante Norine qui paraissait sans enthousiasme pour cette façon civilisée de boire.

— Ici, c'est pas souvent comme ailleurs, reprit le vieux d'un ton docte. On ne les laisse pas téter; on en perd plus, mais comme ça, ils ne suivent pas leur mère et ils ne broutent pas.

Il se mit à rire. — Tu te rappelles, Norine, le père Martin, le fruitier — qu'est là, à Jutigny, pour manger son bien, ajouta-t-il, en se tournant vers Jacques — il se croyait ben malin parce qu'il revenait de Paris; il comptait pas que le veau s'engraisse seulement avec du lait. Il me disait : eh l'ancien ! pourquoi donc que t'y mets une cage d'osier au museau de ton veau ? et il ricassait quand j'y disais : « mais c'est, mon homme, pour qu'il ne mange pas de la verdure! »

6

Eh ben! quand il a eu un veau qu'il a mené au marché de Bray, Achille lui a dit, en soulevant la paupière de son veau qu'était rouge : « mais c'est un bon républicain que t'amènes là, n'en faut point », et tous les autres bouchers lui ont dit de même ; et il l'a encore son veau qui mangeait de l'herbe !

— Alors, demanda Jacques, il faut que le veau soit anémié, complètement déprimé, pour qu'il se vende ?

— Sans doute, mon garçon, sans ça, sa viande serait pas mangeable !

— Faut qu'il tourne à la graisse, qu'il ait plus de sang, appuya sa femme. — Tiens, on sonne à la petite porte du haut, bah! c'est pas à se déranger, elle est ouverte; il n'y a qu'à lui donner un coup d'épaule.

Et, en effet, après un choc, des pas s'entendirent. Jacques mit le nez dehors et aperçut un être, bas du derrière, boiteux et replet.

— C'est le facteur! dit le père Antoine.

— Ah ben, c'étant !

L'homme était coiffé d'un immense chapeau
de paille, entouré d'un ruban noir sur lequel
était peint à l'huile, en lettres rouges, le mot
« poste », et sur sa blouse en toile bleue, à pare-
ments de drap garance, il portait une sacoche. Il
salua en arrière, traîna les pieds, déposa sa canne
et dit :

— C'est vous qui êtes monsieur Jacques
Marles ?

— Oui.

Il tendit une lettre et reboucla son sac.

— J'ai idée que tu ne regretterais pas de prendre un verre, fit Norine.

— Sûr, fit-il.

— Et comben que t'en as bu des litres, depuis
que t'as commencé ta tournée ? interrogea, en
riant, le père Antoine.

— Oh! j'en ai point bu plus de sept !

— Sept! s'écria Louise.

— Lui! — oh! ma fille, il en avale dix sans
être plus soûl qu'à l'heure présente.

Le facteur eut, à la fois, une mine humble et

satisfaite. — Oui, mais c'est que je mange, dit-il
d'un ton modeste.

— T'entends, Louise, va, quand vous aurez du
reste, il vous le torchera, le temps de servir;
mais où donc que tu mets tout ce que tu bâfres?

L'homme haussa les épaules, et, comme on lui
apportait du pain et du fromage, il tira son couteau, se tailla une miche capable de rassasier
tout un bivac, mit dessus un peu de l'urinaire
avarie de ce fromage bleu, et engouffra le tout
par bouchées énormes.

Entre temps, la mâchoire pleine, les joues bondissant en un flux et un reflux des deux côtés des
tempes, il se plaignait de la longueur de sa tournée; enfin, pour l'instant, le parcours était tout
de même bon; les propriétaires habitaient dans
leurs châteaux; ça allongeait souvent sa trotte,
comme pour venir jusqu'à celui-ci, par exemple,
mais il avait affaire à du bien brave monde qui
n'oubliait pas le facteur.

Jacques, plongé dans la lecture de sa lettre,
leva le nez à cette amorce de pourboires, mais le

facteur dont les yeux brillaient et dansaient, en quelque sorte, dans leurs capotes sillonnées de rides, détaillait avec complaisance les bienfaits des riches. Là, chez le meunier de Tachy, il y avait toujours une bouteille et une croûte et souvent du fricot de la veille qu'on lui gardait; au château de Sigy c'était mieux encore; le jardinier lui offrait de la salade et des fruits, et la dame veillait elle-même à ce qu'il mangeât un morceau et ne partît jamais le gosier sec; tout le monde l'aimait au reste, parce qu'on savait à qui l'on avait affaire — puis qu'en repartant pour Paris, l'on pensait à sa petite famille, car il avait deux enfants, et c'est point dans le métier de facteur qu'on se fait du bien.

Fatigué par ce verbiage, Jacques songeait, en repliant sa lettre, à ses tracas qui allaient croissant. Un ami, qui s'était chargé de surveiller ses affaires dans la capitale, lui écrivait une lettre inquiétante.

Certitude maintenant affirmée de ne rentrer dans aucun fonds; ses créanciers unis pour préparer.la saisie de ses meubles ; d'autre part, refus du Crédit Lyonnais d'escompter des billets qu'il espérait convertir en argent liquide.

— Ça va mal, se dit-il.

— Allons déjeuner, fit Louise qui l'observait.

— Eh bien ! reprit-elle quand ils furent seuls, que t'écrit Moran ?

Il lui passa la lettre et elle hocha la tête.

— Combien d'argent avons-nous ?

— Pas beaucoup, huit cents francs au plus, car il y a déjà eu de la dépense, et elle ajouta, en soupirant, et ce n'est pas fini !

— Comment cela ?

Elle entra dans des explications. Il avait fallu acheter d'abord pour une cinquantaine de francs d'ustensiles de cuisine et de vaisselle. Il fallait se procurer encore des avances de café, de cognac, de sucre, de poivre, de sel, de bougies, de charbon, toute une série d'achats difficiles à effectuer dans ce château perdu.

Au reste, la question de la nourriture se compliquait comme à plaisir. La bouchère de Savin,

la seule bouchère qui existât dans le pays, à la
ronde, se refusait absolument, de même que tous
les autres commerçants d'ailleurs, à monter jusqu'à ce château qui n'était pas situé sur leur route;
de son côté, la femme qui vient, le samedi, de
Provins, avec des provisions de légumes, de pou-
lets, d'œufs, la coquetière, ainsi qu'on la nomme,
déclarait ne pas vouloir éreinter son cheval à
grimper la côte.

Il n'y avait que le boulanger qui consentait à
fournir le pain, et encore était-il convenu qu'il le
déposerait en bas, à la porte du château, au bout
de l'avenue, sur le chemin de Longueville, à cinq
heures du soir.

— Ce sera commode, fit observer le jeune
homme. Lorsqu'il pleuvra, nous mangerons de
la mie détrempée, de la panade.

— Nous achèterons un panier sur le couvercle
duquel on mettra des pierres.

— Mais voyons, l'oncle Antoine mange aussi
du pain. Que diable! il pourrait bien acheter le
nôtre avec le sien!

— Tu n'en voudrais pas. Norine rapporte plusieurs pains à la fois, si bien qu'au bout de cinq ou six jours, c'est de la pierre. Tu en sais quelque chose du reste !

Jacques eut un geste de découragement.

— Quant au vin, poursuivit-elle, nous devrons en faire venir une feuillette de Bray-sur-Seine; l'oncle, dont la récolte a été maigre l'an dernier, s'offre d'ailleurs, si nous en avons de trop, à nous reprendre une moitié de la feuillette.

— Et elle coûtera, cette feuillette?

— Une soixantaine de francs.

Jacques soupira.

— Ah çà ! mais, qu'est-ce qu'il chantait ton oncle, lorsqu'il assurait que nous trouverions tout ici en abondance?

— Il ne savait pas. Il s'imaginait probablement que nous vivrions, ainsi que lui, d'un peu de pommes de terre et de fruits.

— Le plus clair de tout cela, c'est qu'il va falloir, chaque jour et quelque temps qu'il fasse, trotter pendant deux lieues dans la campagne, pour trouver une côtelette et du fromage. — Mais enfin, et Jutigny ? et Longueville ? il n'y a donc pas de commerçants dans ces trous-là ?

— Non, c'est Savin qui les dessert. — J'espère cependant, reprit-elle, que nous finirons par nous organiser, car la sœur d'Antoine, la vieille Armandine, connaît à Savin une famille pauvre dont la petite fille ne va pas à l'école pour l'instant ; moyennant un prix à débattre, on enverrait l'enfant chaque matin ici ; nous lui donnerions les commissions et elle les rapporterait, après son déjeuner, dans l'après-midi.

Jacques commençait à croire que les économies réalisées à la campagne étaient un leurre et que la solitude, si séduisante à évoquer lorsqu'on réside en plein Paris, devient insupportable quand on la subit, loin de tout, sans domestique et sans voiture.

Et il passait en revue les inconvénients déjà découverts de ce château : voisinage menaçant de bêtes et d'hommes ; humidité glaciale ; manque de confortable et disette d'eau : puis encore certains abandons qui l'indignaient. Il avait en vain cherché dans le labyrinthe de ces pièces les confessionnaux du corps, les pièces aménagées pour déverser ses fuyants secrets. Il avait fini, en bas, près de la chambre de la Marquise, par découvrir un petit réduit, mais il était dans un tel état de décrépitude qu'on n'y pouvait sans péril entrer.

Et c'était le seul.

Il avait exprimé son étonnement à l'oncle Antoine qui avait d'abord ouvert de grands yeux, puis avait regardé Norine.

Elle trépigna de joie, se tapant sur les cuisses. — C'est-il donc que tu voudrais chier, mon neveu, dit-elle entre deux hoquets; mais on se pose dehors, où qu'on est, comme nous!

Cette simple façon de résoudre une question gênante exaspéra tout bonnement le jeune homme.

Et il maugréa pendant une partie de la journée, qui s'écoula d'ailleurs sans qu'il s'aperçût de l'égouttement des heures.

L'action sédative de la campagne le dorlotait

encore et il ne connaissait pas l'ennui de l'oisi-
veté qui se traîne dans des chambres ressassées
ou devant des paysages déjà vus; il en était toujours à la période d'engourdissement, à cette
bienheureuse lassitude du plein air qui émousse
l'acuïté des tracas et baigne l'âme dans des sensations assoupies de syncope, dans d'inertes impressions de vague; mais si la tiédeur des matins
agissait sur lui comme un remède parégorique,
comme un calmant, le deuil refroidi du crépuscule dispersait, de même qu'au premier jour,
cette tranquillité qui faisait place à d'incertains
malaises et à d'imperturbables et confuses
transes.

Ce soir-là, après le dîner, il était descendu avec
sa femme dans la cour du château et, assis sur
des pliants, ils regardaient, silencieux, le jardin
fatigué se ramasser sur lui-même et s'endormir;
et, bien qu'il éprouvât encore cette évagation qui
détachait son esprit de l'idée sur laquelle il le
voulait fixer, il sentait sourdre dans cet automne
d'âme les mystérieuses humiliations de la peur.

Il contempla Louise. Mon Dieu! qu'elle était pâle! Il eut un frisson, car ces traits cernés décelaient la marche continue de la névrose, et il redouta les prochaines attaques de l'indomptable mal, dans l'isolement de cette ruine.

Et ce mal-être presque douillet qui résulte de l'impuissance à se commander, se changea, chez Jacques, en de nettes inquiétudes; son esprit disséminé se rassembla sur sa situation et sur celle de Louise. Il recula dans ses souvenirs, remonta dans sa vie, se rappela les bonnes années qu'ils avaient égrenées ensemble. Il avait fallu pour l'épouser se fâcher avec sa famille composée de négociants riches indignés de la basse extraction de cette femme issue d'une génération paysanne mal équarrie par la petite bourgeoisie d'un père. Il avait franchi ces haines, accepté sans regrets une entière rupture avec des parents dont il méprisait les appétits et les idées et qu'il ne visitait auparavant, du reste, qu'à de rares intervalles.

Eux, de leur côté, le jugeaient fou; oui, bon à

rien, mais pas encore fou, se disait Jacques qui
n'ignorait pas l'opinion de sa famille. Oui, c'était
vrai, il n'était bon à rien, incapable de s'éprendre
des occupations recherchées des hommes, inapte
à gagner de l'argent et même à le garder, insen-
sible aux appâts des honneurs et au gain des
places. Ce n'était pas cependant qu'il fût paresseux, car il avait d'immenses lectures, toute une
érudition lointaine mais éparpillée, ingérée sans
cible précise, méprisable par conséquent pour les
utilitaires et les oisifs.

Cette question qu'il s'efforçait d'élaguer de ses
préoccupations, la question de savoir à l'aide
de quelles manigances il gagnerait désormais son
pain, l'assaillait, plus térébrante et plus têtue,
alors surtout qu'il suivait des yeux sa femme af-
faissée sur son pliant et sans doute torturée, elle-
même, par d'analogues craintes.

Il se leva et fit quelques pas dans la cour.

La nuit maintenant venue déformait le vais-
seau de l'église, en face, qui passait par les
nuances du noir, très foncé, presque épaissi par

7

des surjets d'ombre, aux endroits envahis par le
lierre ; moins profond, plus délavé aux places
nues des murs, clair encore dans le cadre des
fenêtres dont les vitres en vis-à-vis paraissaient
contenir une eau ténébreuse et trouble.

Jacques contemplait cette fonte lente de la
pierre dans l'obscurité quand, du haut de l'église,
un oiseau s'éleva, tel qu'un aigle, décrivit de ses
ailes éployées une foudroyante parabole et tomba,
avec un bruit sourd, du ciel dans le bois où des
branches froissées craquèrent.

— Qu'est-ce que cela? demanda Louise, qui
vint se serrer contre son mari.

— Mais c'est un chat-huant, sans doute. Ces
oiseaux pullulent dans le clocher de l'église.

Il prit sa femme sous le bras et ils se promenèrent dans la cour, saisis par le silence énorme
de la campagne, ce silence fait d'imperceptibles
bruits de bêtes et d'herbes qu'on entend lorsqu'on se penche.

La nuit, devenue plus opaque, semblait mon-
tèr de la terre, noyant les allées et les massifs,

condensant les buissons épars, s'enroulant aux
troncs disparus des arbres, coagulant les rameaux
des branches, comblant les trous des feuilles
confondues en une touffe de ténèbres, unique;
et presque compacte et dense, en bas, la nuit se
volatilisait à mesure qu'elle atteignait les cimes
épargnées des pins.

Enfin par-dessus l'église, le jardin, les bois,
tout en haut, dans le ciel dur, sourdaient les
froides eaux des astres. On eût dit de la plupart
des sources lumineuses et glacées et de quelques-unes qui ardaient plus actives, des geysers
renversés, des sources retournées de lueurs
chaudes. Il n'y avait pas une vague, pas une
nue, pas un pli, dans ce firmament qui suggérait l'image d'une mer ferme parsemée d'ilots
liquides.

Jacques se sentait cette défaillance de tout le
corps qu'entraîne le vertige des yeux perdus
dans l'espace.

L'immensité de ce taciturne océan aux archi-
pels allumés de fébricitantes flammes le laissait

presque tremblant, accablé par cette sensation
d'inconnu, de vide, devant laquelle l'âme suffo-
quée, s'effare.

Louise avait, elle aussi, fait évader sa vue dans
ces lointains gouffres, suivant son mari dont l'œil
adultéré par le mirage d'une vision fixe s'illu-
sionnait, apercevant au hasard et à son gré, là
où elles n'étaient pas, les constellations aux couleurs vives, les astres lilas et jaunes de Cas-
siopée, Vénus à la planète verte, les terres
rouges de Mars, les soleils bleus et blancs de
l'Orion.

Guidée par son mari, elle s'imaginait, de son
côté, les voir ; et elle resta pantelante de cet
effort, étourdie lorsqu'elle rappela ses yeux devant elle, éprouvant dans l'estomac comme une
angoisse qui fluait jusque dans ses jambes de-
venues incertaines et molles, ressentant l'exacte
impression d'une main qui la tirerait, avec lenteur, intérieurement, de haut en bas.

— Je ne suis pas bien, dit-elle, rentrons.

Et derrière le château, à son tour, la lune sur-

git, pleine et ronde, pareille à un puits béant
descendant jusqu'au fond des abîmes, et ramenant au niveau de ses margelles d'argent des
seaux de feux pâles.

V

C'était au delà de toutes limites, dans une fuite indéfinie de l'œil, un immense désert de plâtre sec, un Sahara de lait de chaux figé, dans le centre duquel se dressait un mont circulaire, gigantesque, aux flancs raboteux, troués comme des éponges, micacés de points étincelants comme des points de sucre, à la crête de neige dure, évidée en forme de coupe.

Séparé de ce mont par une vallée dont le sol ras paraissait pétri d'une boue racornie de céruse et de craie, une autre montagne élançait à des hauteurs prodigieuses une cime d'étain semblable à un entonnoir; l'on eût dit de cette montagne, travaillée au repoussé, ballonnée d'énormes bosses, d'une colossale vague, écornée du bout, bouillie au feu d'innombrables fournaises et dont la globuleuse ébullition, soudain comprimée, était demeurée, en se congelant d'un coup, intacte.

— Il est certain, pensa Jacques, que nous sommes en plein Océan des Tempêtes et que ces deux monstrueux calices tendus vers le ciel sont les sommets cratériformes du Copernic et du Képler.

Non, je ne me suis pas trompé de route, se dit-il, contemplant le lait glacé de cette surface presque plane, devenue renflée, toruleuse seulement alors qu'on approchait du pied d'un pic.

Avec une sereine certitude, il s'orienta; là-bas, vers le sud, ce qui apparaît vaguement tel qu'un grand golfe, c'est la Mer des Humeurs, et ces deux effroyables chancres qui en gardent l'entrée, ce sont, à n'en point douter, le Mont Gassendi et l'Agatarchites. — Et souriant, il songea que c'était tout de même un bien singulier pays que la Lune, où il n'y a ni vapeur, ni végétation, ni terre, ni eau, rien que des rocs et des coulées de lave, rien que des cirques stratifiés et des volcans morts; et puis, pourquoi l'astronomie avait-elle conservé ces noms inexacts, ces qualifications surannées et bizarres dont les vieux astrologues ont baptisé des enfilades de plaines et de monts?

Il se tourna vers sa femme assise et hypnotisée par cette blancheur, lui expliqua en quelques mots qu'il serait imprudent de s'aventurer dans le midi de cet astre, car c'est là que se trouve la zone volcanique, l'agglomération des cratères éteints, des sierras empiétant les unes sur les autres, des Cordillères se touchant presque et laissant à peine courir entre leurs pieds de rugueuses sentes qui semblent taillées dans des tranches de calcaire ou percées dans des pains de blanc de plomb.

Il l'aida enfin à se lever; elle l'écoutait, scrutant ses lèvres, comprenant ses paroles, mais ne les entendant point puisqu'aucun milieu atmosphérique ne pouvait propager le son dans cette planète dénuée d'air; et tournant le dos au paysage qu'ils contemplaient, ils remontèrent vers le Nord, longèrent la chaîne des Karpathes, franchirent le défilé de l'Aristarche dont les pitons se profilaient, barbelés comme des queues d'écrevisses, dentelés comme des peignes; ils avançaient facilement, glissant plutôt qu'ils ne marchaient sur une sorte de glace givrée au-dessous de laquelle apparaissaient de vagues fougères cristallisées dont les nervures et les côtes brillaient ainsi que des sillons de vif-argent. Ils s'imaginaient se promener sur des taillis plats, sur des arborisations laminées, étalées sous une eau diaphane et ferme.

Ils débouchèrent dans une nouvelle plaine, la Mer des Pluies, et là encore, en se postant sur une éminence, ils dominèrent un paysage fuyant à perte de vue, hérissé par des Alpes de plâtre, cabossé par des Etna de sel, gonflé de tubercules, boursouflé par des kystes, scorifié tel que du mâchefer.

Et de même que sur un plan stratégique, des hauteurs immenses, d'innombrables Chimborazo

7

pouvaient balayer la plaine : l'Euler] et le Py-
théas, le Timocharis et l'Archimède, l'Autolyus
et l'Aristille, et, au Nord, presque aux confins de
la Mer du Froid, près du Golfe des Iris dont les
bords en rocailles s'incurvent sur le sol lisse, le
Mont Plato crevait, formidable, la croûte dislo-
quée des laves, à plusieurs lieues, dressait des
perches de stuc et des mâts de marbre, descendait en rouleaux géants d'albâtre, dégringolait en
masse de rocs blancs, percés de trous comme
des madrépores, luisants comme des fonds de
cribles.

L'on eût dit que tout cela s'éclairait seul ; la
lumière paraissait s'irradier, en montant du sol,
car là-haut, le firmament était noir, d'un noir
absolu, intense, parsemé d'astres qui brûlaient
pour eux seuls, sur place, sans épandre aucune
lueur.

Au fond, l'Aristille ressemblait à une ville gothique avec ses pics, les dents en l'air, coupant
de leur scie le basalte étoilé du ciel ; et, derrière
et devant cette ville, deux autres cités se super-

posaient, mêlant au moyen âge d'une Heildel-
berg l'architecture Moresque d'une Grenade, en-
chevêtrant, les uns dans les autres, dans un
tohu-bohu de pays et de siècles, des minarets et
des clochers, des aiguilles et des flèches, des
meurtrières et des créneaux, des mâchicoulis et
des dômes, trinité monstrueuse d'une métropole
morte, autrefois taillée dans une montagne d'argent par les torrents en ignition d'un sol !

Et en bas, toutes ces villes se découpaient en
ombres d'un noir cru, en ombres de deux lieues
de long, et simulaient un amas d'instruments de
chirurgie énormes, de scies colosses, de bistouris
démesurés, de sondes hyperboliques, d'aiguilles
monumentales, de clefs de trépan titanesques,
de cloches à ventouses cyclopéennes, toute une
trousse de chirurgie pour Atlas et Encelade, dé-
chargée pêle-mêle sur une nappe blanche.

Jacques et sa femme restaient stupides, dou-
taient de la lucidité de leur vue. Ils se frottèrent
les yeux, mais, dès qu'ils les rouvrirent, la même
vision les confondit d'une ville gouachée en ar-

gent sur un fond de nuit et projetant avec les dessins hérissés des ombres les exactes formes d'instruments ténébreux épars, avant une opération, sur un drap blanc.

Louise prit le bras de son mari, redescendit dans la plaine et, tournant à leur droite, ils s'engagèrent dans le vallon qu'encaissent d'une part le Timocharis et l'Archimède et de l'autre les Apennins dont les pics l'Eratosthènes et le Huygens élèvent leurs ventres de bonbonnes qui s'émincent peu à peu et se terminent en des cols de bouteilles, aux goulots débouchés et cerclés de cire blanche.

— C'est tout de même étrange, dit Jacques, nous voici parvenus au Marais de la Putridité — et ce n'est pas un marais et il ne sent rien ! Il est vrai que l'Océan des Tempêtes est parfaitement sec et que la Mer des Humeurs qu'on devrait se figurer grasse tel qu'un lac de pus est tout bonnement une exorbitante assiette de faïence craquelée, lisérée de filets gris par les laves !

Louise ouvrait le nez, humait le manque d'air.

Non, aucune odeur n'existait dans ce Marais de
la Putridité. Nulle exhalaison de sulfure de cal-
cium qui décelât la dissolution d'une charogne ;
nul fumet de cadavre qui se saponifie ou de sang
qui se décompose, aucun charnier, le vide, rien,
le néant de l'arome et le néant du bruit, la sup-
pression des sens de l'odorat et de l'ouïe. —
Et Jacques détachait, en effet, du bout du pied,
des blocs de pierre qui dévalaient, en roulant
de même que des boules de papier, sans aucun
son.

Ils avançaient avec un pénible entrain ; ce marais cristallisé tel qu'un lac de sel, ondulait, grêlé
comme par une variole géante, criblé de marques
rondes, aussi larges que ces bassins construits à
Versailles sous le règne du Grand Roi ; par
places, de fictifs ruisseaux zigzaguaient, striés
par la réfraction d'on ne savait quoi, de fils du
gris violacé des iodes ; par d'autres, d'inauthen-
tiques canaux rejoignaient de faux étangs qui se
teignaient du rouge malsain des bromes ; par
d'autres encore, d'inguérissables plaies soule-

vaient de roses vésicules sur cette chair de minerai pâle.

Jacques consultait une carte qu'il conservait pliée dans la poche d'un vêtement de fabrication anglaise qu'il ne se rappelait pas avoir jusqu'ici porté. Cette carte, publiée à Gotha, par les soins de Justus Perthes, lui semblait d'une indiscutable clarté, avec ses masses pointillées, ses détails en relief, ses dénominations latines : « Lacus Mortis, Palus Putredinis, Oceanus Procellarum » empruntées à la vieille Mappa Selenographica de Beer et de Maedler, dont elle n'était, au demeurant, qu'une copie réduite.

— Voyons, se dit-il, nous avons le choix entre deux chemins. Ou descendre le détroit formé par les bords de la Mer de la Sérénité et le col du Mont Hæmus, ou remonter par le défilé du Caucase jusqu'à la lisière du Lac des Songes et redescendre, en suivant les montagnes du Taurus jusqu'au Jansen.

Ce dernier chemin paraissait être le plus facile et le plus large, mais il allongeait de milliers de

lieues l'itinéraire qu'il s'était tracé. Il résolut de
se faufiler par les sentiers de l'Hæmus, mais il
butait avec Louise à chaque pas, entre deux murailles d'éponges lapidifiées et de koke blanc, sur
un sol verruqueux, renflé par des bouillons
durcis de chlore. Puis ils se trouvèrent en face
d'une sorte de tunnel et ils durent se quitter
le bras et marcher, l'un après l'autre, dans ce
boyau pareil à un tube de cristal dont les tailles
allumées ainsi que des pointes de diamants éclairaient la route. Subitement, la voûte s'exhaussa,
s'engouffrant dans une cheminée de haut four-
neau, bouchée à son sommet, à des distances incalculables, au-dessus d'eux, d'un rond de ciel
noir.

— Nous arrivons, murmura Jacques, car cette
ouverture c'est le pic creux du Menelaus. Et, en
effet, le tunnel prit fin, ils débouchèrent près du
Cap Arechusia, non loin du Mont de Pline, dans
la Mer de la Tranquillité dont les contours si-
mulent la blanche image d'un ventre sigillé d'un
nombril par le Jansen, sexué comme une fille

par le grand V d'un golfe, fourché de deux jambes écartées de pied-bot par les mers de la Fécondité et du Nectar.

Ils s'avancèrent rapidement vers le Mont Jansen, laissant à leur gauche le Marais du Sommeil, teinté de jaune comme une mare coagulée de bile et la Mer des Crises, un plateau concréfié de boue, du verdâtre laiteux des jades.

Ils escaladèrent des talus escarpés et s'assirent.

Alors un extraordinaire spectacle se déroula devant eux.

A perte de vue, une mer furieuse roulait des vagues hautes comme des cathédrales et muettes. Partout des cataractes de bave caillée, des avalanches pétrifiées de flots, des torrents de clameurs aphones, toute une exaspération de tempête tassée, anesthésiée d'un geste.

Cela s'étendait si loin que l'œil dérouté perdait les mesures, accumulait des lieues sur des lieues, sans à peu près possible de distance et de temps.

Ici, de sédentaires maelstroms se creusaient

en d'immobiles spirales qui descendaient en d'incomblables gouffres en léthargie ; là, des nappes indéterminées d'écume, de convulsifs Niagaras, d'exterminatrices colonnes d'eau surplombaient des abîmes, aux mugissements endormis, aux bonds paralysés, aux vortex perclus et sourds.

Il réfléchissait, se demandant à la suite de quels cataclysmes ces ouragans s'étaient congelés, ces cratères s'étaient éteints ? à la suite de quelle formidable compression d'ovaires avait été enrayé le mal sacré, l'épilepsie de ce monde, l'hystérie de cette planète, crachant du feu, soufflant des trombes, se cabrant, bouleversée sur son lit de laves ? à la suite de quelle irrécusable adjuration, la froide Séléné était tombée en catalepsie dans cet indissoluble silence qui plane depuis l'éternité sous l'immuable ténèbre d'un incompréhensible ciel ?

De quels effrayants germes étaient donc issus ces monts désolés, ces Himalayas aux corps calcinés et creux ? quels cyclones avaient tari ces

Pacifiques et scalpé les végétations inconnues de leurs bords? quels déluges supposés de flammes, quels éclats disparus de foudre avaient scarifié l'écorce de cet astre, tracé des rainures plus profondes que des lits de fleuves, creusé des fossés dans lesquels auraient pu couler à l'aise dix Brahmapoutre?

Et plus loin, encore plus loin, émergeaient du cercle des horizons devinés d'autres chaînes de montagnes dont les interminables pics effleuraient le couvercle de nuit du ciel, un couvercle seulement posé sur les pointes de clous des cimes, en attendant qu'un surnaturel marteau l'enfonçât d'un coup pour clore hermétiquement l'indestructible boîte !

Joujou d'une Titane immense, d'une géante enfantine et énorme, emphatique boîte contenant des simulacres en sucre de tempêtes et de plaines, des rocs en carton et des volcans creux dans le trou desquels l'enfant d'un Polyphème pouvait enfoncer son petit doigt, et soulever ainsi, dans le vide, la colossale ossature de ce jouet inouï, la

Lune épouvantait la raison, terrifiait la faiblesse humaine.

Et maintenant Jacques ressentait cette lourdeur du bas-ventre, cette contraction de la vessie qu'entraîne l'angoisse prolongée du vide.

Il regarda sa femme ; elle était calme et, de son binocle qui ne bougeait point, elle consultait, ainsi qu'une Anglaise étudie son guide, la carte qu'elle tenait, dépliée sur ses genoux.

Cette quiétude et cette évidence d'avoir près de soi, de pouvoir toucher, s'il le voulait, un être manifeste et vivant, apaisèrent ses transes. Ce vertige qui lui tirait les yeux hors des paupières et les amenait lentement vers le fond d'un gouffre, s'évanouissait maintenant que sa vue se reposait, à deux pas, sur une créature connue, dont l'existence était sensée et sûre.

Puis, il se sentait sous ses habits vide comme ces monts tubuleux, sans entrailles de métalloïdes, sans cœur de rocs, sans veines de granit, sans poumons de métaux. Il se sentait léger, presque fluide, prêt à s'envoler si les vents in-

connus de cet astre venaient à naître. Le froid
exaspéré des pôles et les consternantes canicules
des Équateurs se succédaient, sans transition,
autour de lui, sans même qu'il s'en aperçût, car
il éprouvait l'impression qu'il était enfin débar-
rassé de l'écorce temporaire d'un corps; mais
l'horreur se révélait soudain aussi de ce morne
désert, de ce silence de tombe, de ce glas muet.
L'agonie tourmentée de la Lune couchée sous la
pierre funéraire d'un ciel l'affola. Il leva les yeux
pour fuir.

— Regarde donc, dit ingénument sa femme,
voici qu'on allume !

En effet, le soleil, à ce moment, rasa les cimes
dont les crêtes déchirées s'irradièrent comme un
métal en fusion de flammes blanches. Des lueurs
rampaient tout le long des pics au centre desquels le cône du Tycho fourmilla, terrible, ouvrant une gueule de feux roses, faisant grincer
ses dents de braises, aboyant sans bruit dans
l'impermutable silence d'un firmament sourd.

— C'est plus beau, comme vue, que la terrasse

de Saint-Germain, reprit Louise, d'un ton con-
vaincu.

— Sans doute, fit-il, surpris lui-même de la
sottise de sa femme qui lui était jusqu'alors ap-
parue moins abondante et moins ferme.

VI

Quelques jours passèrent. Un matin, en remontant, après une promenade à travers champs, dans sa chambre, Jacques trouva sa femme, livide, les bras tombés, anéantie sur une chaise.

— Non, je n'ai rien, mais je ne puis me peigner. Dès que je lève le bras, je me sens défaillir ; je ne souffre pas ; au contraire, cela me fait au dedans de moi, tout doux, tout doux ; tiens, j'ai comme le cœur gros, je suffoque.

Cela ne sera rien, reprit-elle, après un soupir ; et d'un effort de volonté, elle se mit debout et fit un pas ; c'est singulier, il me semble que le carreau de la chambre se déplace et que c'est lui qui marche.

Subitement, elle poussa un cri bref et jeta le pied droit en avant, avec le coup de détente sec du maître de savate.

Jacques la porta sur le lit où ces ruades en avant se continuèrent, se succédant, de minutes en minutes, précédées d'un cri ; des douleurs semblables à des commotions électriques filaient dans les jambes, s'évanouissaient ainsi qu'après la secousse crépitante de l'étincelle, revenaient, errant le long des cuisses, éclatant de nouveau en des décharges brusques.

Jacques s'assit, se sachant désarmé contre ce mal qui avait lassé toutes les suppositions, toutes les formules. Il se rappelait des consultations de médecins parlant d'affection incurable, de métrite, avouant sa marche continue derrière une adynamie aggravée par le repos et par les drogues, et toutes les cautérisations, toutes les saignées, toutes les sondes, toutes les désolantes visites, toutes les abominables manœuvres que la malheureuse avait dû subir, étaient demeurées vaines.

Après être descendus dans les cryptes du corps
où ils recherchaient les traces de cette sensation
obtuse qui pesait habituellement sur la malade,
les médecins, inquiets de ne rien trouver, chan-
geaient de tactique, les uns après les autres,
attribuaient au malaise de l'organisme entier
cette maladie dont les racines s'étendaient partout et n'étaient nulle part. Ils prescrivaient les
fortifiants et les toniques, essayaient du bromure
à forte dose, recouraient, pour terrasser les douleurs, à la morphine, attendant qu'un symptôme
leur permît de se diriger, de ne plus tâtonner
ainsi, dans le brouillard de maux inconnus et
vagues.

Les empiriques, auxquels toujours l'on s'adresse
alors que l'on a constaté la décisive impuissance
de la médecine, n'avaient pas vu plus clair; tout au
plus, l'un d'eux avait-il découvert un remède qui
s'ajustait mais de quelle sorte! En plaquant une
pièce de métal sur le point précis de la souffrance,
celle-ci se déplaçait et il fallait la suivre, lui
livrer la chasse, la traquer, pour n'aboutir, en fin

de compte, qu'à d'irréductibles acculs d'où elle bondissait à nouveau, comme lancée par un vibrant tremplin, dans le taillis des nerfs.

D'autre part, un magistère bolonais, inventé par un comte Matteï et connu, dans les schismes de l'homœopathie, sous le nom d' « Électricité Verte » enrayait parfois l'attaque, escamotait presque la douleur, matait à peu près le sursaut, mais ses effets étaient infidèles; après avoir agi, pendant quelque temps, cette eau mystérieuse n'opérait plus.

Jacques regardait pensivement sa femme qui s'était enfouie la face dans l'oreiller et dont le corps ondulait, glacé, sous le drap ; et, remontées à la source de cette maladie, ses pensées descendaient maintenant le cours des crises, le rejoignaient à l'heure actuelle, le repéraient au château de Lourps, le devançaient même, en calculant son passage dans les régions ignorées de l'avenir.

Elle datait de quand et elle était issue de quels désastres, cette déconcertante folie des nerfs ?

8

nul ne le savait; après le mariage sans doute, à
la suite de désordres internes qu'une fausse
honte avait dissimulés le plus longtemps possible, aux diagnostics incertains des docteurs et
aux imprévoyantes approches du mari; cela
s'était traîné pendant des années, n'influant que
sur la santé physique, puis, peu à peu, s'infiltrant
dans 'e moral, le sapant à sa base, finissant par
ordonner, dans un lamentable équilibre, les pe-
santeurs de la métrite aux torpeurs de l'âme, les
évanouissements d'un estomac ravagé aux lan-
gueurs d'une volonté déchue.

Et petit à petit, une fissure s'était produite dans
la cale du ménage, une fissure par laquelle l'argent fuyait. Louise, si attentive dans sa vigie,
dès le mariage, s'était endormie, laissant la bonne
mener la barque. Une voie d'eau sale était aussitôt entrée. Le jour où la domestique fit le
marché, ce fut autour de la bourse de Jacques un
blocus de vieilles soudardes apportant des légumes charriés par les ruisseaux, des poires
véreuses remplies, de même que des tabatières,

de grains noirs, des pommes habitées aux chairs
de coton mâché par des chats; les poissons de-
vinrent suspects et les viandes blanchirent,
épuisées par l'audacieux soutirage d'un sang
vendu à part.

La cuisine fut, tout à la fois, coûteuse et sordide; comme secouée par une inépuisable chorée,
l'anse du panier dansa et cette tarentule s'étendit
aux fournisseurs; le charbonnier adultéra ses
poids et rétrécit ses sacs, le frotteur ne patina
plus qu'indolemment sur les parquets privés de
cire, la blanchisseuse usa des stratagèmes em-
ployés par ses pareilles, massacra le linge,
l'échangea, oublia de l'apporter, le perdit, em-
brouilla les mouchoirs et les comptes, recourut à
d'astucieux pliages pour cacher les plaies du
chlore et les trous du fer.

Louise se sentait sans force pour réagir, arrivait au va-comme-je-te-pousse, épouvantée à
l'idée de tenter un effort, de hasarder des obser-
vations, d'entamer une lutte; et ce désarroi la
rongeait pourtant tel qu'un remords, troublait ses

nuits, aggravait par son aiguillante continuité la maladie des nerfs.

Elle s'épuisa dans cette lutte intime, se commanda sans pouvoir s'obéir, finit, découragée, par se cacher ainsi qu'un enfant la tête, voulant s'imaginer que les dols n'existaient plus depuis qu'elle se fermait les yeux pour ne pas les voir.

Jacques n'avait pas été sans se plaindre de cette débâcle, mais la figure navrée de sa femme, la supplication muette de son regard le désarmaient; s'apercevant que, dès qu'il se renfrognait, l'état de Louise devenait pire, il consentit, lui aussi, à se croiser les bras, effrayé de cette défaillance d'énergie, de ce mutisme douloureux d'une femme qu'il avait connue ardente à la besogne et vive.

Il songeait mélancoliquement, à cette heure, à la désorganisation progressive de son intérieur; ah! c'était irrémédiable maintenant! et de sourdes révoltes se levaient en lui. Après tout, il ne s'était pas marié pour renouveler le désordre de sa vie de garçon. Ce qu'il avait voulu, c'était l'éloignement des odieux détails, l'apaisement de l'office, le silence de la cuisine, l'atmosphère douillette, le milieu duveté, éteint, l'existence arrondie, sans angles pour accrocher l'attention sur des ennuis; c'était dans une bienheureuse rade, l'arche capitonnée, à l'abri des vents, et puis, c'était aussi la société de la femme, la jupe émouchant les inquiétudes des tracas futiles, le préservant, ainsi qu'un moustiquaire, de la piqûre des petits riens, tenant la chambre dans une température ordonnée, égale; c'était le tout sous la main, sans attentes et sans courses, amour et bouillon, linges et livres.

Solitaire comme il l'était, peu accessible aux physionomies nouvelles, peu liant, ayant le monde en horreur, étant enfin parvenu à réaliser les difficiles bienfaits de la réputation d'ours qu'il s'était acquise, car, las de ses refus, les gens lui évitaient, maintenant, la contrariété des excuses en ne l'invitant plus, il avait incarné son rêve de quiétude, en épousant une bonne fille

sans le sou, orpheline de père et mère, sans famille à voir, silencieuse et dévouée, pratique et
probe, qui le laissait ¡fureter, tranquille, dans
ses livres, tournant autour de ses manies, les
sauvegardant sans les déranger.

Comme tout cela était loin ! comme cet apaisement éprouvé dans le coude-à-coude d'une femme
dont le verbiage était modéré, par conséquent
tolérable, et dont les besoins de va-et-vient dans
les soirées et les théâtres étaient nuls, avait été
de durée courte !

Rapidement, dès les prodromes de l'inexplicable mal, l'atmosphère du chez soi avait changé.
Ce matin un peu couvert qu'il aimait à sentir
autour de lui, s'était mué en un crépuscule
d'hiver, long et morne. Louise, taciturne, inerte,
souriait pourtant, témoignant à Jacques que son
affection demeurait intacte, mais implorait, en
quelque sorte, d'un œil hésitant et câlin, pareil
à celui d'une chatte couchée sur des habits,
qu'on la laissât là, sans la chasser, sans la forcer
à chercher une autre place.

Et il s'irritait devant la descente de ces souvenirs qui appuyaient, en passant, chacun, sur
l'élancement de sa plaie. Était-ce sa faute s'il
était organisé de telle façon qu'il ne pût supporter
la dérive d'une vie, et si, avec ses curiosités et
ses engouements, il lui fallait à tout prix le
repos ? Il était l'homme qui lit dans un journal,
dans un livre, une phrase bizarre, sur la reli-
gion, sur la science, sur l'histoire, sur l'art, sur
n'importe quoi, qui s'emballe aussitôt et se pré-
cipite, tête en avant, dans l'étude, se ruant,
un jour, dans l'antiquité, tendant d'y jeter la
sonde, se reprenant au latin, piochant comme un
enragé, puis laissant tout, dégoûté soudain, sans
cause, de ses travaux et de ses recherches, se
lançant, un matin, en pleine littérature contem-
poraine, s'ingérant la substance de copieux livres, ne pensant plus qu'à cet art, n'en dormant
plus, jusqu'à ce qu'il le délaissât, un autre matin, d'une volte brusque et rêvât ennuyé, dans
l'attente d'un sujet sur lequel il pourrait fondre.
Le préhistorique, la théologie, la kabbale l'avaient

tour à tour requis et tenu. Il avait fouillé des
bibliothèques, épuisé des cartons, s'était conges-
tionné l'intellect à écumer la surface de ces
fatras, et tout cela par désœuvrement, par atti-
rance momentanée, sans conclusion cherchée,
sans but utile.

A ce jeu, il avait acquis une science énorme et
chaotique, plus qu'un à peu près, moins qu'une
certitude. Absence d'énergie, curiosité trop aiguë
pour qu'elle ne s'écachât pas aussitôt; manqué
de suite dans les idées, faiblesse du pal spirituel
promptement tordu, ardeur excessive à courir
par les voies bifurquées et à se lasser des chemins dès qu'on y entre, dyspepsie de cervelle
exigeant des mets variés, se fatiguant vite des
nourritures désirées, les digérant presque toutes
mais mal, tel était son cas.

A se rouler ainsi dans la poussière des temps,
il avait goûté de délicieuses heures, mais depuis que les prévoyances de Louise s'étaient dis-
persées, usées par la lime des nerfs, il était demeuré consterné, sans défense contre les soucis

d'argent qui glaçaient ses emballages de cervelle et le rejetaient brutalement dans les inex-
tricables réseaux de la vie réelle.

Et maintenant qu'il n'avait plus d'argent du
tout, que serait-ce donc? — Il hocha désespérément
la tête ; c'est la déchéance morale et physique,
la misère complète, se dit-il, et il se complut à
s'exagérer l'horreur de l'avenir, allant du coup à
la mendicité, au manque de pain, à l'hospice pour
sa femme, à la gueuserie des bas-fonds pour lui.

Comme il arrive toujours aux gens malheureux
et inquiets qui sautent d'un élan jusqu'aux ex-
trêmes et éprouvent même une certaine consola-
tion à constater qu'ils ne sauraient tomber plus
loin, Jacques recula et s'apaisa, en s'affirmant à
lui-même l'outrance de ses craintes. Tout s'ar-
range ; cet axiome cher aux pauvres diables qui
finissent quand même par manger et par vivre,
alors que, raisonnablement, ils ne peuvent plus
rien attendre, il se le répéta, tablant sur l'inconnu, comptant sur l'avenir, se confiant à la
providence ou au hasard.

Après tout, se dit-il, mes affaires peuvent se débrouiller, sans que j'aie recours à des chimères! — En rentrant à Paris, je récupererai peut-être quelques sommes et m'installerai dans un quartier tranquille.

Il se lança sur cette piste : — Je pourrai vendre la majeure partie de mon mobilier et de mes livres, — il les passa en revue, sacrifiant d'abord les objets auxquels il tenait le moins, puis hésitant, pendant quelques secondes, sur quelques-uns d'entre eux. — Baste! conclut-il, il est indispensable de se désencombrer et de garder juste ce qu'il faut pour meubler deux chambres!

Et ce n'était pas sans une certaine joie qu'il se livrait à cette sélection de bibelots et de livres; son affection éparse sur des bibliothèques entières et sur des pièces, se concentrait, en se reportant sur les rares objets qu'il s'apprêtait à conserver; il les aimait davantage et cette recrudescence d'amitié pour certains volumes, pour certains meubles lui faisait presque désirer, à ce moment, de se débarrasser sans tarder des autres auxquels il ne tenait tout à coup plus.

Ce serait charmant, pensait-il, de meubler avec le dessus du panier de mes bibelots, une petite cuisine et deux petites pièces, et il se les figura plus larges que longues, gaiement éclairées sur un fond de jardin, à l'abri de la trépidation des rues. Il accepterait la dépense d'un papier de tenture, sans ramages et sans fleurs, mat et foncé. Ici, son lit qu'il gardait et sa table de nuit en bois de violette et d'anis ; là, sa table de travail, deux fauteuils, trois chaises, une carpette et un devant de feu ; puis dans l'âtre, ses chenets en fer forgé, aux pieds en paraphes et aux têtes allongées en poires ; sur la cheminée enfin, le buste en bois peint et sculpté d'un pauvre homme de la fin du moyen âge, priant, les mains croisées sur un livre, levant vers le ciel des yeux suppliants et navrés ; de chaque côté de ce buste, ses deux flambeaux de cuivre rouge, à plates-formes, et ses deux pots de pharmacie, blasonnés aux armes d'un monastère, deux pots qui avaient sans doute contenu les électuaires, le diascordium et la thériaque, d'un vieux couvent.

Dans l'autre pièce, il disposerait ses livres sur de simples rayons de bois peint en noir, organisant de la sorte une salle à manger bibliothèque.

Il sourit, désireux, presque impatient de réaliser ce logis intime; il lui sembla qu'il serait mieux calfeutré, plus chez soi, mieux à l'aise, dans ces chambres de banlieue, que dans son appartement de Paris, aux vastes pièces.

Eh non, cela n'était pas possible! Il roula du haut en bas de son rêve. Je n'ai même pas cette ressource des gens déchus de me retirer dans un coin, de me confiner dans un trou, de vivre une existence ouvrière, car pour réaliser ce modique rêve, il faut une femme économe et robuste! et Louise n'est, depuis sa maladie, bonne à rien. Que faire d'une femme impotente, assise dans un angle, et frappant le plancher du pied? et puis... et puis... qui sait si sa santé ne s'aggravera point et si je ne deviendrai pas, sans argent pour la soigner, garde-malade ?

Ah! s'il était seul, comme sa vie s'arrangerait mieux! si c'était à refaire, comme il ne se marierait plus! — A supposer, en effet, que Louise mourût, une fois le chagrin tari, il pourrait attendre sans trop pâtir les événements à naître; il pourrait vivoter jusqu'à ce qu'il eût trouvé une place; il pourrait peut-être découvrir une femme, râblée, solide, experte à diriger un ménage, une femme qui fût une servante de curé et avec cela une maîtresse qui n'imposât pas à son amant de trop longs jeûnes! eh oui! il en souffrait à la fin des fins de cette abstinence de la chair que la maladie de sa femme lui faisait subir!

Il ne la détesterait pas un peu forte, pas trop rose de peau cependant, cette maîtresse, il la voudrait...

Ah çà, mais je deviens simplement ignoble! se dit-il, comme réveillé tout à coup d'un songe, regardant Louise qui souffrait, en fermant les yeux. Il demeura ébahi de ce fulminate d'or-

9

dures qui éclatait soudain en lui, car il aimait
sincèrement sa femme et il eût donné tout ce
qu'il possédait pour la guérir.

A l'idée qu'il pouvait la perdre, des sanglots
lui montèrent aux lèvres; il se pencha vers elle
et l'embrassa, comme pour la dédommager de
cette involontaire explosion d'égoïsme, comme
pour se démentir à lui-même la bassesse de ses
réflexions.

Elle lui sourit — et elle-même, à ce moment-
là, retournait en arrière dans sa vie, pleurait sur
la misère de son corps, sur son existence perdue,
désorbitée par les approches de la misère.

Elle s'affirmait que son mari ne serait jamais
apte à rien. Certes, elle ne pouvait se plaindre;
il était bon, affectueux, presque câlin, certains
jours, bien que plongé dans ses livres et distrait,
d'ordinaire, d'attentions aimables par ses études;
mais aussi quelle insouciance de ses intérêts!
maintes fois elle s'était inquiétée de ses placements d'argent, plus retorse, plus défiante que
lui en ces matières. Il haussait les épaules. Ah!

l'imbécile qui s'était laissé gruger par un banquier qu'il estimait par le seul fait que ce tripo-
teur ne parlait jamais d'affaires et s'occupait
d'art! Combien de fois s'était-elle exaspérée
contre son mari qui était peut-être un homme
supérieur dans elle ne savait quoi, mais qui était
à coup sûr un béjaune, dans la pratique!

Que faire? elle avait pendant des années essayé
de sauver son ménage des périls et des embûches,
mais elle s'était constamment butée, dès qu'il
s'était agi d'argent, à un mari qui ne répondait
pas, se plongeait le nez dans ses livres et, impa-
tienté, grognait; et elle avait dû s'abstenir désormais de reproches, se répétant qu'après tout cette
petite fortune n'était pas la sienne, se sentant,
pour ainsi dire, dans la situation fausse d'une
personne qui participe à un bien-être qu'elle ne
détient pas.

Aujourd'hui, la ruine était venue, une complète ruine, et elle éprouvait une fureur de mé-
nagère contre le mari qui n'avait pas su garer la
barque; elle s'étonnait même d'avoir pu s'ima-

giner qu'elle n'avait pas le droit d'imposer ses
volontés, de parler haut. En somme, cette fortune lui appartenait depuis le mariage. Si elle
n'avait apporté à Jacques aucune dot, elle lui
avait aliéné du moins les biens de son sexe et
quelles largesses étaient de poids à les payer,
ceux-là! Quoiqu'elle ne fût ni éprise d'elle-même,
ni assotie par l'orgueil, elle pensait forcément,
ainsi que toutes les femmes, que la possession de
son corps était un inestimable don; comme toutes
les femmes encore, épouses, filles ou maîtresses,
elle pensait aussi que le mari, le père ou l'amant
avait été mis sur la terre pour subvenir aux besoins de la femme, pour l'entretenir, pour être,
en un mot, sa bête à pain.

Puis, n'était-elle pas enviable et jolie quand il
l'avait épousée, n'avait-elle pas été la dispensa-
trice de nuits folles, et n'avait-elle pas été constamment aussi attentive aux souhaits de Jacques, vigilante et douce? En fin de compte, elle
avait fait, en se mariant, un marché de dupe,
car il l'avait frustrée; il lui avait volé par son

insouciance sa vie heureuse et criminellement aggravé les transes de sa maladie par le menaçant aspect de la misère!

Ah! si c'était à refaire, comme elle ne se marierait pas! puis une lueur de bon sens lui vint; que serait-elle donc devenue sans famille et sans dot? mais son sort était inespéré; elle avait épousé un homme qui lui plaisait et qui, dans un siècle de lucre, la choisissait pauvre. Enfin, à part son désintéressement de la vie réelle, que pouvait-elle lui reprocher? rien, pas même dans le carême charnel qu'il subissait, une brève frasque!

Elle eut regret de son injustice. Se soulevant un peu sur le lit, elle appela Jacques et l'embrassa, comme pour le dédommager de cette involontaire explosion d'égoïsme, comme pour se démentir à elle-même la bassesse de ses réflexions.

Et cependant, malgré cette crise d'intérêt personnel qui les avait tout à coup si brutalement secoués, Jacques et Louise étaient de bonnes

gens, heureux de vivre ensemble, inaptes aux
sournoiseries des beaux-semblants, incapables
de se tromper, prêts à se sacrifier, sans scru-
pules, l'un pour l'autre.

Pris en traître, saisis à l'improviste par une
force indépendante de leur volonté, ils incar-
naient bien le lamentable exemple de l'inconsciente ignominie des âmes propres. Ils étaient,
en somme, les victimes de ces terribles pensées
qui se faufilent chez les meilleurs, qui font qu'un
fils adorant ses parents n'aspire certes pas à être
privé d'eux, mais songe, sans le vouloir, avec
une certaine complaisance à l'instant de leur
mort.

Sans nul doute, cette douloureuse pensée le
navre ; il est remué jusqu'au fond du ventre par
la soudaine vision de la mise en bière ; il se voit,
pleurant à chaudes larmes, mais il sent aussi
couler tout d'abord en lui une lente douceur,
alors qu'il se représente, au cimetière, entouré
de gens qui le regardent, qui stimulent, par leur
présence, son envie d'être intéressant, sa satis-

faction d'être plaint, qui contentent ainsi ce
soupçon de besoin de parade que chacun recèle
sans s'en douter.

Puis, fatalement, maintenant que l'affreux
spectacle des funérailles a disparu, il se suit dans
l'avenir, s'adjuge une avance d'hoirie sur la confortable existence qu'il pourra mener quand il
sera son maître.

C'est encore ce même ferment d'idées inter-
lopes qui fait qu'un homme demeuré veuf avec des
enfants, ne peut s'empêcher de ruminer combien
son sort serait différent, s'il était seul; et il se
lance dans des conjectures, rêve à l'avenir,
échafaude une vie libre, s'éjouit à évoquer une
nouvelle existence, ne va pas évidemment jusqu'à souhaiter que ses enfants disparaissent,
mais cède à l'appel de cette idée qu'ils ne sont
plus et s'y arrête.

Si ferme, si vaillant qu'il soit, nul n'échappe à
ces mystérieuses velléités qui cernent de loin le
désir, le couvent, l'élèvent, le cachent dans les
latrines les plus dissimulées de l'âme.

Et ces impulsions irraisonnées, morbides, sourdes, ces simulacres de tentation, ces suggestions
diaboliques, pour parler comme les croyants,
naissent surtout chez les malheureux dont la vie
est démâtée, car c'est le propre de l'angoisse
que de s'acharner sur les âmes élevées qu'elle
abat, en leur insinuant des germes de pensées
infâmes.

Honteux et attendris, Louise et Jacques se
regardaient sans parler.

— Mon pauvre ami, dit enfin Louise, tu dois
avoir faim et je ne puis me lever et allumer
le feu. Vois donc s'il ne reste pas de la viande
d'hier ; la petite de Savin va venir, d'ailleurs.
Ah ! si je pouvais bouger !

— Ne te fais pas de mauvais sang en t'occupant
de moi ; tiens, voilà du veau, du pain et du vin,
je n'ai pas besoin de plus.

Il approcha la table du lit et, sans grand appétit, s'escrima contre du veau fade et du pain
dur.

Des pas montaient l'escalier. — C'est l'enfant,

dit Louise qui se mit sur son séant; donne-lui la liste des provisions à acheter, elle est là, dans le coin, sur la cheminée.

Une petite fille entra, une blondine au nez en croissant, picoté de son, aux yeux en boules blanches et bleues ; elle se tortilla les hanches, en reniflant et en grattant du bout de ses doigts son tablier.

— Tiens, mignonne, fit Louise, voici la liste pour ta maman ; tu nous rapporteras les achats dans l'après-midi.

L'enfant baissait la tête, sans bouger.

— Ton papa est épicier, n'est-ce pas, sais-tu s'il a du gruyère?

Elle avança le globe de ses yeux qu'elle releva et ouvrit, comme une carpe, une bouche dont il ne sortit aucun son.

— Tu sais ce que c'est que du gruyère?

— Elle blanchit, m'man, elle m'a dit de le dire à la dame, poussa tout à coup la petite.

— Eh bien! reprit Louise que la question du linge intéressait justement depuis deux jours; tu

9.

lui diras à ta maman qu'elle vienne, demain, me voir.

L'enfant remua la tête. Ça? s'exclama-t-elle, soudain, en montrant une boîte à poudre de riz.

— Tiens, elle se décide à parler, s'écria Jacques. Il lui mit la boîte débouchée sous le nez, mais alors l'enfant recula, fit la grimace, lança des pe.its crachats autour de la boîte, ainsi que font les chats autour d'une assiettée de foie pas frais.

Et elle déclara que l'odeur de cette poudre lui tournait le cœur.

— Va prendre l'air, ça te remettra, et n'oublie pas nos emplettes. Bonsoir ; tiens, voilà le facteur, Est-ce que vous avez une lettre ?

— Je compte pas, j'ai un journal ; et l'homme s'assit, déposa son chapeau de paille par terre, planta sa canne droite entre ses jambes, se retira du dos une sacoche et tendit à Jacques un journal, tout en regardant avec attention le veau qui restait dans le plat.

Il paraissait encore plus ivre que de coutume

Jacques lui offrit un verre de vin.

Il l'éleva pour souhaiter bonne santé à tous, et se le jeta d'un seul coup dans la gorge.

— C'est bon, mais ça creuse, fit-il, en regardant toujours fixement le plat.

Louise l'invita à se mettre à table; alors il s'approcha, tira son couteau, trancha un bloc de pain, l'ouvrit, enfourna dans la mie un morceau de viande et avec un bruit de mastication affreux, engloutit et la miche et le veau.

Il suça la lame de son couteau, avant de le refermer, et, clignant son œil qui semblait le soupirail par lequel passaient les flammes couvant sous sa peau cuite :

— C'est-il donc que vous êtes malade, ma petite dame? dit-il à Louise.

— Oui, elle souffre dans les jambes, répondit Jacques.

— Oh! ne m'en parlez pas, il y a pas de plus mauvais mal. Je suis été, moi, des semaines sur le dos, sans bouger, mais là, ce qui s'appelle sans remuer un doigt, par rapport à une chute

que j'ai faite — et j'ai pensé y crever — il y aura
tantôt deux ans de cela, j'en boîte toujours;
tenez, on m'a ramassé sur la route de Donnemarie, dans un fossé; j'étais comme qui dirait
mouru, plus un souffle, rien. Ils appelaient : père
Mignot! père Mignot! je les entendais point; le
fils à Constant et le grand François peuvent vous
le dire...

— Avez-vous été bien soigné au moins? demanda Louise.

— Oui-da, c'était le temps qu'on vote ; M. Pa-
thelin qu'était le rouge et M. Berthulot qu'est
pour les rois, ils m'ont envoyé leur médecin jusqu'à deux fois par jour. Et c'était du bon bordeaux, du chenu qu'on m'apportait; une fois les
votes finis, aussi vrai que je vous le dis, j'ai
jamais revu les médecins et le vin; et qu'il a
fallu que je me soigne à mes frais encore! mais,
voyons, quelle heure qu'il est, sans vous commander?

— Midi et demi.

Le facteur se leva et reprit son bâton. A l'avan.

tage, dit-il, en saluant à derrière ouvert, et il descendit.

Louise était retombée, épuisée, sur sa couche.

— Si je pouvais dormir, soupira-t-elle.

— Je vais te laisser, dit Jacques ; jusqu'à ce que la petite de Savin revienne, tu auras le temps de faire un somme.

Il s'apprêtait à sortir quand des pas précipités ébranlèrent l'escalier et le facteur reparut, nu-tête, tenant son chapeau, les deux ailes rejointes dans sa main, fermant comme d'un couvercle le panier de paille.

Il l'ouvrit par terre et quelque chose d'effaré sauta, une bête étrange, emmanchée de pattes énormes, grises et crochues, et surmontée sur un très petit corps roulé dans du duvet blanc, d'une tête grimaçante, affreuse, avec des yeux immobiles et ronds et un bec d'aigle qui renfrognait cette face épeurée de vieux singe.

— C'est un petit chat-huant qu'est dégringolé de son nid dans les orties, au pied de l'église.

Et le facteur le toucha du bout de sa botte. —
La bête marcha péniblement, de côté, ainsi qu'un
crabe, finit par gagner un coin de la chambre où
elle s'arrêt,, le nez collé contre le mur.

— Ah çà! que voulez-vous que je fasse de cet
animal? demanda Jacques.

— Mais si vous n'en voulez point, je l'empor-
terai au curé de Chalmaison ; il m'en donnera
bien une pièce de vingt sous. Il en a, il en a,
cet homme, des papillons, des oiseaux, des taupes
qu'il empaille! il en a, que c'est rigolo, qui ont
l'air de danser, et des grenouilles debout qui se
battent!

— Je ne veux pas qu'on le tue, dit Louise, il
faut le reporter au bas de l'église, sa mère viendra
le prendre.

— Je compte pas ; les enfants le trouveront et
ils le quilleront avec des pierres.

Et reprenant la bête immobile dans son coin, il
l'apporta près du lit, grelottante de peur, les
yeux déserts, aveuglés par le jour, les ailes encore
enveloppées dans un cocon de peluche d'une

finesse incroyable, d'une blancheur inouïe.

— Alors, il ne vous va point? — Viens voir M. le Curé, Pierrot, fit-il, en l'enfermant de nouveau dans son chapeau de paille ; va falloir allonger le pas car la trotte est longue. — Bien sûr que vous n'en voulez point?

— Non, merci, dit Jacques.

— Tu aurais dû lui donner vingt sous pour qu'il remette ce chat-huant près de l'église, reprit Louise, quand le facteur fut descendu.

Jacques haussa les épaules et témoigna tout à coup d'un sens pratique : — Il aurait pris les vingt sous et serait quand même parti pour Chalmaison!

Afin de laisser sa femme se reposer, il sortit, se promena au hasard des allées, puis se rendit chez la tante Norine et trouva porte close. Le mari et la femme étaient aux champs.

— Ah! il n'y a pas d'aide à attendre d'eux quand on est malade, pensa-t-il; ils doivent être dans les vignes de la Graffignes, si j'allais les rejoindre.

Et il n'y alla point, car il se rappelait l'extraordinaire différence qui existait entre la tante Norine et l'oncle assis chez eux, et la tante Norine
et l'oncle en train de travailler dans leurs terres ;
au repos, ils étaient d'aimables gens, attentionnés
pour leur nièce et serviables ; au labour, ils le
prenaient de haut, répondaient négligemment,
cachaient mal un entier dédain. Il semblait
qu'ils remplissent un sacerdoce alors qu'ils tri-
fouillaient dans le jus de fumier et qu'eux seuls,
au monde, travaillassent ; puis ils gouaillaient et,
d'ordinaire très humbles, coulaient des regards
insolents sur le Parisien qui ne savait seulement
pas comment « pousse le blé ».

— Ben, on n'apprend pas ça à Paris, que je
pense, ricanait Norine, et l'oncle donnait d'un
ton docte des explications qu'on ne lui demandait
pas.

— Vois-tu, mon neveu, la terre c'est pas comme
le pavé de vos villes, ça travaille, mais c'est aussi
comme nous, faut que ça repose ; quand, une
année, elle a donné du blé, ben, l'année qui vient

on y sème de l'avoine et, l'autre année qui suit encore, on y plante de la pomme de terre ou de la betterave, puis qu'on reprend le blé et quelquefois même il faut qu'elle dorme tout un an, après la moisson, sans qu'on y touche ; on aurait beau être un malin qui viendrait de Paris, c'est pas en un jour qu'on apprend la terre !

Puis, pensa Jacques, ils me doucheront encore avec l'antienne de leurs plaintes et je m'entendrai répéter qu'ils sont courbattus, que c'est bien dur de s'échiner à leur âge, tandis que moi je gagne de la monnaie tant que je veux, en ne faisant rien.

Ah ! oui, j'en gagne, se dit-il amèrement, c'est étonnant combien j'en gagne ! et combien je suis capable d'en gagner ! et il se demanda, de même que tous les jours, comment, une fois de retour à Paris, il allait vivre ; mais cette question demeurait sans réponse, car il s'avouait modestement n'être bon à rien. Et au château ? l'argent diminuait et la prochaine arrivée du vin commandé à Bray achèverait de draguer sa bourse. Tout bien considéré, il eût mieux valu ne pas se sauver à la campagne, tenir tête aux assaillants, se débattre à Paris, s'installer d'une façon autre, ne pas user inutilement son peu d'argent au château de Lourps. Mais il avait été si las, et Louise était si souffrante ! enfin, il avait compté toucher des créances aux Ormes.

Ah ! cet ami qu'il avait jadis obligé et qui se refusait maintenant à le rembourser, et il est riche, je le sais, se disait-il avec rage ; c'était pourtant, autrefois, un garçon généreux ! comme la province vous écale un homme !

Mon Dieu ! que je m'ennuie, soupira-t-il ; et de même que tous les gens excédés, il rêva de ne pas être où il était, souhaita de s'enfuir loin de Lourps, à l'étranger, n'importe où, de laisser en panne ses tracas et ses ennuis, d'oublier son existence, de faire âme nouvelle et peau neuve. Eh ! ce serait la même chose partout, se dit-il ; il faudrait être transporté dans une autre planète et encore, du moment qu'elle serait habitable, la misère y serait. Et il sourit, car cette idée d'une

autre planète lui rappelait ses songes de la nuit
dernière, son voyage en pleine Lune; cette fois, se
dit-il, la source de mon rêve est claire, la filiation
plus facile à suivre que celle d'Esther, car la
soirée qui précéda mon départ pour le vieil astre,
j'ai regardé les étoiles et la Lune et je me
souviens qu'à ce moment je me rappelais nettement les détails des cartes sélénographiques que
je possède.

Et, au travers de ces réflexions, à bâtons rom-
pus, il se remémora tout à coup qu'il fallait, pour
les besoins du ménage, tirer de l'eau.

Il s'achemina vers le puits et jugea que le treuil
eût avantageusement figuré parmi les instruments
de torture du Moyen-Age; il fallait se pendre
après lui, s'arc-bouter, en tournant la manivelle,
pour empêcher la dégringolade effarée du seau
dans l'abîme, de peur de détacher la corde retenue
par un seul clou dans le tambour en bois du treuil;
puis il fallait tourner en sens inverse et remonter,
la tête abasourdie par les cris de la poulie sèche,
le seau qui pesait bien cent livres. Il tournait, tour-

nait, éreinté, regardant la corde, espérant qu'elle remonterait enfin mouillée du trou, annonçant ainsi l'imminente arrivée du seau.

Cela n'en finissait pas. — C'est curieux, tout de même, se dit-il, le poids me semble plus léger que d'habitude; — ah! voici la corde, elle n'est pas trempée! — Il atteignit le seau qui apparaissait au ras des margelles; il était vide.

Cela me manquait, fit-il, le puits est probablement tari; nous voilà propres!

Il s'assit, découragé. — Voyons, il est nécessaire que je prévienne l'oncle Antoine; il connait mieux que moi les coutumes du puits!

Mais ni le père Antoine, ni sa femme n'étaient revenus des champs.

Il ne les revit que le soir, alors qu'alléchés par l'idée de boire un petit verre, ils rendirent visite à leur nièce.

— Mais quoi donc que t'as?

— Oh là! oh là! c'est-il Dieu possible! s'exclamèrent-ils, alors qu'elle détendait brusquement la jambe.

— Ben, faut vraiment que ça te trouille, pour
que tu remues comme ça ! — Et ils manifestèrent
des craintes pour leur bois de lit ; puis, d'un air
singulier, presque défiant, ils avalèrent un verre
de cassis et partirent, disant que c'était tout de
même ben drôle, ces maladies de Paris !

— Quoiqu'on a, je te demande, à avoir comme
ça des sauts ? questionna Norine, une fois sortie.

— C'est les riches qu'ont ça ! — puis, là, tu
sais, ce château, il porte pas bonheur quand
on l'habite ; à preuve que le Marquis y est
mort...

— Et que sa femme, lorsque la lune était forte,
elle parlait... elle parlait... elle avait plus sa
tête.

— Dis donc, reprit l'oncle, Jacques se plaint
que la feuillette n'arrive pas. — En l'attendant,
t'as bien coché sur le bois, près de la cheminée,
les litres de vin qu'on leur prête ?

La vieille hocha la tête.

— Ah ben c'étant, dit-elle ! — ça sera à leur
prendre en plus de la moitié de la feuillette qu'ils

nous cèdent. Puis, après un silence : Écoute donc, mon homme !

— Quoi donc que t'as ?

— T'as ben dit à Bénoni quand il arriverait de Bray qu'il apporte la feuillette pas au château mais ben chez nous ?

— Oui. — Et tous deux sourirent, songeant à une fructueuse combinaison qu'ils préparaient : retirer de la feuillette et serrer en cave autant de litres qu'ils pourraient, puis parfaire le compte des Parisiens, en allongeant, par de bonnes écuellées d'eau, la sauce.

VII

Un matin, Jacques aperçut l'oncle Antoine qui
cheminait dans le jardin, vêtu d'une longue
blouse d'un bleu foncé, luisante, comme vernie,
brodée d'arabesques de fil blanc formant épau-
lette de chaque côté du col. Un impérieux savon-
nage avait éclairci l'épiderme cru de ses joues
sur lesquelles des poils de brosse à dents se
piquaient, couchés par un dernier coup de torchon, dans le sens de la bouche, les pointes en
bas.

— Où que je vas, mon cher garçon, mais je
vas me faire raser, car c'est aujourd'hui le dimanche.

— Ah ! fit Jacques qui perdait absolument la

notion du temps depuis qu'il vivait à Lourps.
Tiens! mais, célèbre-t-on ici la messe? et il
désigna par-dessus le mur du verger la vieille
église.

— Sans doute qu'on la dit pour les femmes de
Longueville.

— Et vous, vous n'y allez pas?

— Moi, à quoi que ça m'avancerait? La messe,
c'est le métier du curé, pas vrai? il prie pour
tout le monde, cet homme, il n'a que ça à faire!

— Et Norine?

— Elle est allée à l'herbe sur la montée de la
Renardière. Et après un silence, il ajouta : Encore une, vois donc, mon neveu, ce qu'il y en a
des guêpes! c'est bon signe, car ça prouve qu'il
y aura, cette année, beaucoup de vin.

Tout en causant, ils étaient sortis du jardin et
se trouvaient en haut, près de l'église, en face du
chemin du Feu.

— A tout à l'heure, cria le père Antoine, qui
descendit la côte.

Jacques le suivit des yeux, puis il s'assit sur un

talus et contempla ce même paysage qu'il avait entrevu, dans la brune, le jour de son arrivée à Lourps.

— Voyons, se dit-il, se rappelant le nom des coteaux dont il avait les oreilles quotidiennement rebattues grâce à Norine, voici, au loin, tout au loin, les futaies de Tachy, puis Grateloup et la butte des Froidsculs ; par ici, où je suis, les versants de la Renardière et de la Graffignes et en bas, au fond de ce cirque liséré de bois, le petit village blanc et rouge de Jutigny, avec ses murs peints au lait de chaux et ses toits de tuiles, puis, presque derrière moi, le pays noir et vert de Longueville, avec ses tourbières et ses arbres ; enfin, traversant ainsi qu'une bande de craie le sol labouré du cirque, la monotone et plate route qui mène à Bray.

Il releva la tête et sonda l'horizon.

En haut, au-dessus de Tachy, le ciel bruinait en une imperceptible limaille d'un bleu très pâle, presque lilas comme ces poudres que blutent les firmaments chauffés, le matin, et dont le ton, dans

10

l'après-midi, se fonce. Les arbres qui clôturaient la vue s'étendaient en masses confuses, d'un gris souris, atténué par la cendre mauve qui tremblait dans l'air ; et, peu à peu cette cendre se dispersa, et les troncs apparurent en une haie sombre, mais les cimes demeurèrent encore émoussées, sans aucun vert ; plus bas s'étageaient, les uns sous les autres, des champs pareils à des tapis, jaspés de feuille morte, tavelés de rouille, et d'interminables routes montaient, filant jusqu'aux pieds des futaies, séparant, telles que des bandes de linge, ces carrés de laines teintes.

Puis, au-dessus de l'horizon, derrière les touffes informes des bois, une grande nuée blanche s'élevait, croissant à mesure, puis s'écardant et volant de même que des bouffées de chemin de fer dans le ciel qui passait par d'infinies dégradations du violet tendre au roux et devenait, dans sa fuite sur la vallée, tout bleu.

Et au loin, des villages s'entrevoyaient, sur les collines, au bout des rubans de toile, sur la bordure des tapis, des amas de maisons dont les toits

demeuraient invisibles, perdus dans la trépidation de l'air, mais dont les murs éclataient avec
l'aveuglante franchise des badigeons crus; la
brume s'éclaircit encore : les buttes blondirent et
se dorèrent dans un coup de soleil qui frappa
tout un hameau mais épargna la moquette sourde
des champs et repoussa la taciturne couleur des
guérets secs.

A son tour, le vent se leva, rompant le silence
de la plaine, balayant les bleuâtres vapeurs qui
voilaient les côtes.

Alors l'horizon creusa de profondes encoches
dans le sommet des arbres dont le vert se vit; les
bourgades, les chemins, tout à l'heure vagues,
s'affermirent et semblèrent ne plus voguer au ras
de la terre mais s'implanter réellement au sol.
Les peupliers immobiles et muets, étriqués, pour
la plupart, avec leurs têtes chevelues, leurs places
épilées, leurs bouquets serrés de feuilles, bouf-
fèrent, s'élargirent, roulèrent dans le vent, avec
un bruit d'écluse. Et, une fois de plus, le firmament changea : le soleil disparut, rejetant les vil-

lages qui grelottèrent sur les buttes; des nuages
coururent, dessinèrent des continents dans ces
mers du ciel dont le bleu apparaissait en des
golfes déchirés de caps. Et des trous s'enfoncèrent
dans ces alluvions de l'espace, des trous infundibu-
liformes, roux, par lesquels filtra une lumière de
lanterne sourde, une lumière de crépuscule qui
blêmit le paysage, râpant, en quelque sorte, les
tons chagrins et tièdes, les délayant encore,
accusant, au contraire, les tons criards qui, livrés
à eux-mêmes, s'avancèrent, débringués, au-dessus
du val.

L'atmosphère était étouffante; des souffles ac-
cablants de poêles arrivaient avec le vent, gon-
flaient la blouse vernie de l'oncle Antoine qu'on
apercevait au loin, tout au loin, très petit, renflé
d'une bosse par la blouse, laissant passer entre
ses jambes des fumées de poussière qui lui enveloppaient par instants le dos.

Jacques, qu'atterraient les cruautés bleues des
ciels d'août et que ravissait la tristesse des no-
vembres gris, demeurait indifférent à ce marchan-

dage du temps qui, tour à tour, soucieux et gai,
ne versait ni réelle mélancolie, ni véritable joie.
Il rentra et se promena dans le jardin du château. Il s'assit sur l'ancienne pelouse, mais cette
position l'impatienta; il s'étendit sur le ventre et,
ne pensant à rien, il se complut à grappiller des
fleurs. Il n'y en avait aucune parmi celles qu'il
atteignait qu'un horticulteur eût tolérée dans un
jardin, car c'était une séquelle de ces plantes qui
poussent sur les routes, une flore égrotante, une
gueuserie de fleurs dont quelques-unes, telles
que la chicorée sauvage, étaient pourtant charmantes avec leurs étoiles d'un azur de bleuet
pâle.

D'aucunes avaient percé la croûte des mousses
et vivaient seules; d'autres s'étaient réunies en
de petits groupes et occupaient de minuscules
districts dans lesquels leur tribu campait à
l'aise.

Au nombre de celles-là, Jacques reconnut des
familles d'œillettes qui balançaient leurs têtes
surmontées, comme celles des pavots, d'une cou-

10.

ronne comtale aplatie, d'un gris verdoyant d'eau
taché de rose; puis, séparés par des landes à
fourmis, des pieds de baume dont il s'amusait à
pétrir les feuilles entre ses doigts qu'il sentait,
savourant les variations de l'odeur qui s'évapore
d'abord avec son parfum initial, puis avec un
relent accusé de pétrole et, en fin de compte, alors
que l'essence s'éloigne, avec un léger fumet d'ais-
selle douce.

Il se retourna, ne pouvant décidément tenir
en place. Il se leva, fuma une cigarette, par les
allées. Au milieu de ce fouillis de verdures, il
découvrait chaque jour de nouveaux arbrisseaux
et de nouvelles plantes. Cette fois, contre les anciens fossés, au bout du jardin, près de la grille,
il aperçut des haies de chardons magnifiques et
des buissons de houx, truités sur leurs feuilles
d'un vert métallique de larmes jaunes pareilles à
des gouttes de foie de soufre. Et la vue de ces
arbustes l'arrêta, car, griffés et contournés tels que
des arabesques de vieux fer, volutés de jambages
et de crochets, ainsi que les lettres gothiques des

anciennes chartes, ils lui rappelaient certaines gravures allemandes de la fin du xve siècle dont les allures héraldiques le faisaient rêver.

Le grincement du treuil mis en branle au-dessus du puits le tira de ses réflexions. Il remarqua, au travers du tamis des feuilles, la tante Norine en sabots, qui tournait furieusement la manivelle.

— Quoi donc que tu dis, mon neveu, que le puits est tari, cria-t-elle, du plus loin qu'elle l'entrevit; as pas peur, va, il y a encore de l'eau assez pour en neyer de plus grands que toi; tiens, regarde, — et d'un bras de fer, elle attira l'énorme seau, plein d'une eau froide et bleue, dans laquelle remua la poulie réverbérée du puits.

Et elle lui expliqua comment il devait s'y prendre. Il fallait descendre avec précaution le seau, mais arrivé au terme de la corde, il fallait le lâcher d'un petit coup sec pour qu'il plongeât et ne surnageât point.

— Eh zut! s'exclama Jacques ennuyé par cette leçon et un peu vexé de sa maladresse sur laquelle

la vieille appuyait, en goguenardant. Il remonta
dans sa chambre, la table était mise.

— Ah çà, il y a encore du veau !

— Que veux-tu que je fasse ? je ne puis pourtant pas tout jeter ! — Et Louise lui révéla les
procédés de la bouchère ; on lui commandait une
livre de viande et elle en envoyait trois, déclarant que c'était à prendre ou à laisser, attendu
qu'elle aurait sans cela un débit trop restreint
pour tuer et écouler ses bêtes ; et dire que, faute
d'une autre boucherie, il importait d'accepter,
sous peine de famine, ces conditions !

— De sorte que nous sommes obligés d'avaler,
pendant plusieurs jours, la même viande ou de
nous en débarrasser, ce que nous faisons, en
somme. Dis donc, mais ça finit par coûter cher,
ces gabegies-là !

Et il s'emporta lorsqu'il apprit que la bourse
était presque vide.

Ils commençaient à échanger des mots aigres
quand un bruit de voix retentit dans l'escalier.
Alors, ils se turent ; elle, desservant la table, lui,

songeant aux nouvelles tentatives que son ami avait dû faire à Paris, afin d'obtenir l'escompte de ses billets.

Le père Antoine parut, rasé de frais, coiffé d'une casquette à triple dôme, Norine, presque débarbouillée, les cheveux enveloppés dans une marmotte à grands carreaux noirs.

— Je t'emmène à Jutigny, mon neveu, dit l'oncle; c'est le jour où qu'on va chez Parisot faire la partie et prendre un verre.

— Mais, je ne joue pas.

— Que ça fait, tu nous regarderas!... Tout de même, c'est pas de refus, dit-il à Louise qui lui offrait du cognac.

— Et amusez-vous! cria la tante Norine, après qu'on eut trinqué; les deux hommes se levèrent et partirent.

— Parisot, c'est un garçon qu'a de l'aisance, racontait, en chemin, l'oncle Antoine; puis, que son auberge vaut de l'argent; et il désignait une grande bâtisse à un étage, assise sur la route de Longueville à Bray, au commencement du village.

Ils pénétrèrent par une porte au-dessus de laquelle se balançait une branche de pin, dans une indescriptible brouhaha. On eût dit que tous ces paysans qui riaient, tassés, les uns contre les autres, se disputaient et allaient en venir aux mains. On acclama le père Antoine et quelques-uns se reculèrent pour lui faire place ainsi qu'à Jacques.

— Qu'est-ce qu'on vous sert? demanda Parisot, un long gaillard dont la tête glabre tenait de celle du bedeau et du jocrisse.

— Donne-nous du cassis et du vin, mon homme, et de l'eau fraîche, répondit le père Antoine.

Tandis que le vieux examinait, les coudes sur la table, le jeu des voisins, Jacques embrassa d'un coup d'œil la salle, une grande salle aux murs peints en vert d'eau, avec des soubassements et des filets chocolat. Çà et là, des affiches d'assurances et des prospectus d'engrais; un exemplaire de la loi sur l'ivresse collé par des pains à cacheter aux quatre coins; une règle encadrée du jeu de billard et des boules enfilées sur une tringle pour marquer les points.

Au plafond, quelques lampes à schiste ; tout autour de la pièce, des bancs d'écoliers et des tables revêtues d'une toile cirée, écorchée, montrant ses fils.

Au centre, un billard massif avec des cuivres du temps du premier Empire et, dans un angle, une haie de queues blanches, à dessins marron.

Un nuage de fumée emplissait la pièce ; presque tous les paysans se sortaient de la bouche, les jeunes, des cigarettes et les vieux, des tronçons culottés de pipes.

Jacques les contempla ; au fond, tous se ressemblaient ; les vieux avaient des tignasses sèches, des oreilles énormes et velues, aux lobes percés mais sans boucles, des pattes de lapin près des tempes, des yeux pas clairs, des nez ronds et gros aux fosses embroussaillées par des poils, une gouttière rasée dessous, des lèvres lie de vin, de durs mentons sur lesquels ils se passaient constamment les doigts.

En somme, ils ressemblaient tous aux cabots qui les imitent, avec leur rire édenté, leur teint

au brou de noix et leurs ânonnements si peu co-
miques; seules, les mains turgides, noires aux
articulations, les ongles écrasés, fendus, éternel-
lement sales, les calus et les croûtes des paumes,
le cuir régredillé, couleur de pelure d'oignon des
revers, indiquaient qu'ils travaillaient réellement
la terre.

Et les jeunes avaient l'air de souteneurs et de
soldats. Ils ne portaient pas des favoris en pattes
de lapin, mais de courtes moustaches et des
crânes tondus ras. Vus, de tête seulement, ils
appartenaient à l'armée; du chef aux pieds, sous
leur haute casquette, dans leur grande blouse
bleue tombant jusqu'aux chevilles, ouverte sur
le devant, laissant passer un gilet mastic garni de
boutons pointillés, découpés dans une sorte de
fromage d'Italie ferme, dans leur pantalon gris
et leurs pantoufles à talons, brodées, ils simulaient, à s'y méprendre, la pêche des barrières
parisiennes dont ils avaient le dandinement des
hanches et le renversement des poings.

Ils turbulaient autour du billard, croisant leurs

queues comme des armes, se sautaient sur les
épaules pour se faire plier, se tapaient les cuisses,
se frottaient des allumettes sur les fesses, et ils
s'engueulaient ainsi que des gens qui vont s'é-
gorger, braillant. la bouche en avant, les uns sur
les autres, prêts à se manger le nez et à s'ébor-
gner avec leurs gestes qui s'achevaient en des
bourrades amicales et de gros rires.

Les vieux hurlaient, pour leur part, aussi fort,
frappant du poing la table, chaque fois qu'ils je-
aient une carte, ou bien s'arrêtant, en tiraient
une à moitié de l'éventail de leur jeu, puis la
renfonçaient, en se contractant par un rictus des
mâchoires la peau des fanons.

— C'est-il pour demain ? criaient les autres.

Et, une fois le coup terminé, les récriminations
commençaient.

— T'aurais dû jouer cœur ! — Mais non. — Si
da. — Bougre d'empoté, quoi donc que t'aurais
fait à ma place ? puisque je te dis que le pique
était maître !

— De l'eau ! — une absinthe pour moi ! — un

Picon, Parisot! et l'aubergiste, traînant les pieds,
apportait la consommation dans un verre, tandis
que son fils, un long cadet lagingeole qui dormait tout debout, errait dans la salle, en prome-
nant une carafe.

Eh, par ici, l'andouille! — Mais oui, mais oui,
comme ça le monde est plus content. — Ben, on
le croirait point. — Je te dis que c'est un men-
teux. — En vérité, ben sûr, elle a si peu d'âge.
— Non, j'y vas les dimanches, mais pas les jours.
— Oh là!... oh là!... ah ben c'étant!

Jacques perdait la tête dans ces interjections,
dans ces bribes de causeries qui lui parvenaient,
coupées par le fri-fri d'une lèchefrite criant
dans la pièce voisine, par le roulement du billard dont les queues brandies en arrière mena-
çaient de l'aveugler.

Il regarda l'oncle Antoine ; il sirotait placide-
ment son mélange de cassis et de vin et marquait
avec un bout de craie sur la table les points du
jeu.

Jacques commençait à s'ennuyer démesurément dans ce vacarme. Une odeur de vieux gilet de flanelle, de copeaux de crasse, de bran, une senteur d'étable et des bouffées de lie l'enveloppaient en même temps que des milliers de mouches bourdonnaient autour de lui, s'abattaient en masse sur le sucre, pompaient les taches de la table, se reposaient sur ses joues ou se lissaient les ailes sur le bout de son nez.

Il les chassait, mais elles revenaient en hâte, plus sifflantes et plus têtues.

Je voudrais bien filer, pensait-il, mais l'oncle Antoine commençait une partie de piquet. Il changea de place et Jacques eut près de lui un vieux paysan qui portait un collier de barbe comme certains grands singes; et il dut se reculer, car le nez de cet homme, qui avait la mine d'un professeur au jus de réglisse, égouttait ainsi qu'un filtre du café qui coulait sur la table, sur ses voisins quand il remuait, n'importe où.

— Ça y est! criait l'oncle Antoine, en distribuant les cartes; et il se mouillait le pouce chaque fois, et tous faisaient de même lorsqu'ils jouaient.

Jacques finissait par somnoler, quand il entendit des fragments de conversation dont il s'efforça de pénétrer le sens; mais l'un des deux
paysans qui causait parlait si vite et jargon-
nait si durement qu'il était impossible de le
suivre. Il était question d'une Parisienne, et
Jacques se demanda tout d'abord s'il ne s'agissait
pas de Louise; mais non, on rappelait une scène
qui s'était passée, le dimanche d'avant, dans
l'auberge même, chez Parisot. Les deux paysans
riaient aux larmes, et l'oncle Antoine, un moment distrait de son jeu par ces rires et mis sur
la piste de l'histoire par un mot qu'il entendit,
s'esclaffa à son tour.

Ce que je m'embête! ce que j'aurais mieux
fait de rester à Lourps, se disait Jacques. Il se
leva, se mit à genoux sur le banc et regarda par
la fenêtre.

Toutes les femmes du pays étaient en quelque
sorte réunies sur la route, et pas une, pas une,
n'avait de seins! Et ce qu'elles étaient, pour la
plupart, affreuses, taillées à coups de serpe, mal

équarries, blondasses, fanées à vingt ans, fago-
tées telles que des souillons, avec leurs chemises
à coulisses, leurs jupes grises et leurs bas de
prison, enfilés dans des bamboches !

Crédieu! quels laiderons ! se dit Jacques. Les
petites filles mêmes étaient en avance sur leur
âge, avaient des traits accusés et l'air vieux.
Se tenant, à six, par les mains, elles formaient
une ronde et chantaient avec des voix aigre-
lettes :

> Je m'en vas chez ma tante
> Qu'a des poules à vendre,
> Des noires et des blanches.
>   A quatre sous,
>   A quatre sous,
> Mademoiselle, retournez-vous !

Et sur ce mot, elles se retournaient et, dos à
dos, se repoussaient le derrière, en jetant des
cris.

Jacques finit par s'intéresser à ces petites sin-
gesses qui avaient au moins pour elles une vague
santé de lèvres et des yeux frais; puis, d'autres

accoururent, dont quelques-unes toutes jeunes,
presque gentilles, dans leurs tabliers à raies. Et
la ronde s'allongea et reprit, tandis qu'isolée et
virant sur elle-même, au centre, une plus grande
entamait une complainte sur le massacre des
Innocents et sur la Vierge :

> Marie, Marie, faut vous en aller
> Car le roi Hérode il vient pour tuer
> Tous les enfants qui sont au berceau
> Sans oublier ceux de notre hameau.

Et la ronde s'accéléra, vola, enlevant par les
bras les plus petites qui ne touchaient plus terre
et dont les chapeaux, tombés sur le dos, dansaient, retenus par un élastique autour du col.

Dans le nuage de poussière qu'elles soulevaient, Jacques n'apercevait plus la fillette dont
la ronde répétait sur tous les tons le chant plain-
tif et traîné :

> Marie monta dans son cabinet
> De blanc et de bleu elle s'est habillée
> Puis par-dessus ses plus beaux effets
> Emporta son fils dans...

Tout s'interrompit, et la ronde et le chant;
des calottes accompagnées de piaillements aigus
retentirent; une paysanne giflait éperdument
l'une des petites qui avait perdu son soulier et
qui continuait à sauter sur son bas.

— Dis donc, mon neveu, fit l'oncle Antoine, en
tirant Jacques par sa manche, il est temps de
s'en aller vers Lourps.

— Je suis prêt, répondit le jeune homme, en-
chanté de quitter l'auberge, et ils partirent.

En chemin, il demanda au vieux de lui narrer
l'histoire de cette Parisienne qui avait tant fait
rire les paysans qui la racontaient.

— Oh! c'est rien! dit le père Antoine, c'est
une dame qu'a sa petiote en nourrice dans le
pays — oh, c'est pas une dame riche! Elle est
venue avec son autre enfant, et comme chez la
mère Catherine où qu'est la petiote, il y a pas de
place pour loger, elle a loué une chambre chez
Parisot.

Mais, dimanche, que c'était la fête, Parisot, le
soir, quand elle est rentrée, à neuf heures, pour

coucher, il y a dit qu'il pouvait pas la recevoir
parce que sa chambre, c'était la chambre
d'amour, celle où les garçons et les filles mon-
tent. Alors cette dame a voulu rester, parce qu'il
faisait nuit noire et qu'il pleuvait et qu'elle savait pas où coucher, et il y a dit comme ça : oh
ben, il y a pas d'autres chambres, mais dans
celle-là, il y a deux lits, couchez-vous avec votre
petiote, les garçons, ils ne vous feront rien, ils
iront sur l'autre lit avec les filles. Et elle a fait
une tête que tous ceux qu'étaient là s'en tordent
encore — si ben qu'elle a fini par aller chez la
mère Catherine qu'était avec ça malade et que la
dame elle a passé la nuit sur une chaise.

— Mais je ne trouve pas drôle, dit Jacques, de
mettre une femme et un enfant à la porte, quand
il pleut et que la nuit est venue.

— Fallait pourtant ben qu'il profite de sa
chambre, Parisot, puisque les autres elles étaient
occupées par des clients venus pour la fête. Il
pouvait pas perdre pour la Parisienne la vente de
son vin ; c'est tant pis pour elle qu'elle était là.

— Puis, elle aurait ben pu coucher dans le lit,
les garçons ils se bousculent avec les pouliches,
mais ils ne font rien de mal, car on est trop. On
se tritouille, on s'amuse, quoi! et l'on boit des
verres — puis qu'on sort, et dame, ceux que ça
leur dit, ils s'en vont vers les champs.

— Mais alors, reprit Jacques, le village doit
être plein de filles enceintes?

— Sans doute, sans doute, mais elles se ma-
rient, — aussi les malins ils tâchent de faire un
enfant à une fille qu'a vraiment du bien, pour-
suivit-il, après un silence, et en clignant des
yeux.

— Et c'est ainsi dans tous les environs?

— Ben sûr, comment donc que tu voudrais que
ça soit?

— C'est juste, répliqua Jacques un peu inter-
loqué par cette histoire qui résumait la haine
parisienne, les instincts pécuniaires et les mœurs
charnelles de cette campagne.

En rentrant, le soir, il narra ces faits à
Louise. Il s'attendait à la voir s'exclamer contre

11.

la rapacité cruelle et l'impudente goguenardise de l'aubergiste. Elle plaignit la femme, s'apitoya sur l'enfant, mais elle haussa les épaules. Un autre aurait agi de même que Parisot, dit-elle ; ici, l'argent est tout, et puis il faut bien dire aussi que le soir de la fête, c'est le moment de l'année où l'auberge réalise ses plus forts bénéfices, et, dame...

— Ah! fit Jacques, qui regarda, surpris, sa femme.

VIII

La feuillette tant attendue arriva, un soir.
Jacques apprit cette nouvelle, le lendemain, par
la tante Norine qui, d'un air contraint, presque
sournois, l'avertit que l'oncle Antoine achevait
de mettre le vin en bouteilles.

— Mâtin ! il n'a pas perdu de temps, s'écria
Jacques.

— Quoi donc qu'il aurait fait, mon cher garçon ? c'est-il donc pas pour que vous, qui n'avez
point de litres, vous ayez plus tôt votre part : on
la laissera dans le tonneau qu'Antoine apportera
sans plus qu'il tarde.

Jacques et Louise voulurent goûter le vin. Ils
se rendirent chez l'oncle qu'ils trouvèrent très

affairé, bredouillant tout seul, vantant l'excel-
lence de son cocheri, racontant que la pièce venait de Sens, affirmant que c'était du ben bon
boire.

Devant ces sauts capricants de paroles et la
gêne des vieux, Jacques eut l'immédiate perception qu'on le filoutait.

— Voyons, fit-il, en tournant la cannelle, et lui
et sa femme dégustèrent ce vin. C'était une zélée
piquette qui s'empressait à rappeler tout d'abord
le goût du raisin, puis qui vous laissait, quand
on l'avait bue, un fumet de futaille rincée sous
une pompe.

Il jeta un coup d'œil sur les litres déjà tirés,
pensant que ceux-là étaient moins additionnés
d'eau.

— Voilà, cria la tante Norine, soixante-deux
litres qui font la moitié que nous vous payons
et vingt qu'on vous a prêtés en attendant
que Bénoni amène sa feuillette. Ils sont là, que
je compte. Quien, vois, c'est à vous qu'est le
reste !

— C'est égal, c'est une vraie lavasse que ce vin-là, dit Louise, votre ami Bénoni est un voleur.

— Oh... oh... faut-il! s'exclamèrent les deux vieux; et ils s'efforcèrent de persuader leur nièce que la légèreté de ce vin témoignait de l'honnêteté de Bénoni qui aurait pu, s'il était un malin, le sophistiquer pour le grossir.

— Allons, c'est bon, dit Jacques. Mais où va-t-on mettre la barrique?

— Tu vas voir, mon homme, fit le vieux qui la plaça sur une brouette, la roula jusqu'au château et la déchargea sur l'une des marches de l'escalier, soutenant la partie qui dépassait par un amas de pierres posé sur les gradins du dessous.

— Mon opinion, la voici, ton oncle est une vieille ficelle, dit Jacques à sa femme lorsqu'ils furent seuls.

Et aussitôt elle s'exaspéra, reprochant à ses parents cette hospitalité qui consistait à prêter une chambre qui ne leur appartenait même pas; et elle débita, pour la première fois, ses griefs,

révélant que Norine offrait des pommes de terre
et des prunes à cochons, mais jamais une pêche,
parce que ce fruit-là se vendait à Provins, tous
les samedis. Non, on n'invite pas les gens lorsqu'on veut les laisser se nourrir à leurs frais ; et
ils sont riches, très riches, je le sais, conclut-
elle, énumérant les terres qu'ils possédaient, à
cinq lieues à la ronde.

Jacques demeura surpris par la soudaine âpreté
de ces reproches.

— Ne nous emballons pas, fit-il, cela n'en vaut
pas la peine ; une seule chose m'ennuie, c'est la
maladresse de ces grigous ; s'ils avaient volé un
certain nombre de litres, le malheur ne serait
pas grand, mais ils ont gâté ceux qu'ils nous lais-
sent avec de l'eau, pour cacher leurs fraudes !

— Norine ne l'emportera pas en paradis, conclut sa femme.

— Oui... mais... reprit Jacques, en hésitant,
ils ont sans doute payé leur Bénoni. Pouvons-
nous les rembourser tout de suite ?

— Maintenant non.

— Ah !

— Évidemment, puisque tu n'as pas d'argent !

— J'attends la lettre de Moran qui s'occupe de nos affaires.

— Oh ! Moran !

— Comment, voilà un ami, le seul qui nous soit resté fidèle dans la débâcle et tu as l'air d'en faire fi !

— Moi ! mais où as-tu vu que j'avais l'air d'en faire fi !

— Au ton méprisant de ta voix, parbleu !

Louise haussa les épaules.

— Tiens, je vais faire un tour.

Et, une fois dehors, il songea au changement qui s'opérait en sa femme, chercha à démêler ce qui se passait en elle.

Il y a trois phases, se dit-il, en réfléchissant. Après le mariage, bonne fille, aimante et dévouée, économe mais pas liardeuse — bien portante, il est vrai ; — puis, quand les douleurs nerveuses sont venues, imprévoyante, gaspilleuse et presque humble ; — maintenant, ici, intéressée et aigre. Il repensait à cette façon dont elle avait accueilli l'histoire de la Parisienne chassée de l'auberge et à cette rage qu'elle avait soudain montrée, alors qu'elle s'était aperçue des manigances de Norine et de l'oncle. Autrefois, elle aurait ri.

Il est vrai qu'aujourd'hui nous sommes pauvres et qu'elle a raison de défendre notre bien; mais cette réflexion ne le convainquit point. Il sentait un je ne sais quoi de nouveau s'insinuer entre eux, un essai de défiance et de rancune; mais elle est malade, se cria-t-il, et cette autre réflexion ne le rassura point. Non, il y avait quelque chose de particulier, une nouvelle période d'âme; d'une part, une impatience qu'il ne lui connaissait pas et, de l'autre, une tentative de volonté, enveloppée dans de vagues reproches, une sorte de réaction contre son rôle jusqu'alors réduit dans le ménage, une réaction qui impliquait forcément du dédain pour l'homme et une certaine confiance vaniteuse en soi.

On n'est pas seulement lâché par les indiffé-

rents et les camarades quand on tombe dans la
misère, se dit-il amèrement, l'on est même aban-
donné par ses plus proches; puis il sourit, se
rendant compte de la banalité de cette observa-
tion.

Que faire? se dit-il, tergiverser avec ma femme
et ménager les vieux, car autrement la vie ne
serait pas tenable. Et il eut, en effet, besoin de
poser des tampons pour amortir, de temps en
temps, les chocs.

Un froid survint entre sa femme et Norine,
entre l'oncle Antoine et lui; et cette gêne, cette
réserve, cette continuelle réticence, ce furent les
vieux qui l'apportèrent et qui contraignirent Jacques à se rapprocher d'eux, pour ne pas rompre.

Ce fut, sans le vouloir, sans même s'en douter, que les paysans s'écartèrent de leur nièce.
D'abord, ils avaient des torts envers elle et demeuraient sur la défensive, comprenant bien que
les Parisiens n'avaient pas été absolument dupés
par le vol du vin; puis une inquiétude, presque
une répulsion, les éloignait de Louise depuis

qu'ils l'avaient vue malade et frappant du pied.
Ils n'étaient pas loin de la croire possédée ou
folle, craignaient peut-être même que son mal
ne fût contagieux et ne les surprît. Ils pensaient
aussi que l'argent de la feuillette aurait dû leur
être aussitôt versé et ils étaient, en somme,
déçus des bombances et des largesses sur lesquelles ils avaient compté, en les invitant ; enfin,
l'époque de la moisson était venue et il n'y
avait plus pour eux ni famille, ni amis, ni camarades, rien ; ils étaient exclusivement préoccupés par des questions pécuniaires, hantés par
des inquiétudes d'atmosphère et de grange.

Ils ne prêtèrent même plus attention aux Parisiens qu'ils dédaignaient comme des propres à
rien et ils ne vinrent plus leur rendre visite ;
ces circonstances aidèrent à détourner la brouille.
Las de vivre seuls, Jacques et Louise s'avancèrent vers Norine et l'oncle, les fréquentèrent, et
le besoin que les vieux éprouvaient de se
plaindre de leur sort, de vanter leurs travaux,
décida de leur accueil dont la gracieuseté

s'amplifia, car les saletés qu'on inflige aux gens déterminent d'abord, chez ceux qui les commettent, un petit recul, puis un mouvement en sens inverse, un désir de palliatif, un abandon de patte douce, sans doute destinés à cacher de futures trappes.

Jacques fut heureux que les choses n'eussent pas tourné plus mal, car sa période d'engourdissement, sa torpeur de grand air avaient pris fin, l'ennui l'accablait; forcément, il songeait, en les regrettant, à ses travaux, à ses livres, à sa vie de Paris, à ces alentours apéritifs dont le charme s'exagérait depuis qu'il ne le subissait plus.

Puis la grande chaleur éclata ; le temps incertain depuis quelques jours s'affermit. Ecalé de ses nuages, le ciel arda, nu, d'un bleu cru, féroce, inonda la campagne de flammes, désola la plaine. Le sol se desssécha, jaunit comme une terre à poêle, les buttes altérées se fendirent; sous des trognons poussiéreux d'herbes, les routes rissolées pelèrent.

Ainsi que la plupart des gens nerveux, Jacques
souffrait d'indicibles tortures par ces temps qui
vous fondent la tête, vous trempent les mains,
installent des bains de siège dans votre culotte.
L'horreur des chemises remontant dans le dos,
des cols mouillés, des flanelles moites, des pan-
talons collant aux genoux, des pieds gonflant
dans la bottine, l'épuisement des sueurs coulant
de la peau comme d'une gargoulette, perlant
sous les cheveux, poissant les tempes, l'accablè-
rent.

Et tout aussitôt l'appétit cessa; la pâture des
interminables viandes mal masquées par d'insi-
pides sauces, lui fit lever le cœur. Il fouilla le
potager, chercha des épices. Il n'y en avait point,
ni cerfeuil, ni thym, ni pimprenelle, ni laurier,
pas même des gousses d'ail dont la crapuleuse
odeur le dégoûtait pourtant ; rien, sinon quelques
échalotes, mais leur goût brûlant et minéral,
le rebuta. Il ne mangea plus et les défaillances
d'estomac se montrèrent.

Il traîna par les chambres, cherchant un peu

de fraîcheur, mais dans l'obscurité où il se cal-
feutra, sa tristesse devint insupportable. Il se
promenait, allait dans les endroits les moins clos,
mais alors la chaleur entrait, des bouches de
calorifère lui soufflaient des trombes, des trombes empuanties par la moisissure des parquets,
par le renfermé des pièces.

Il attendait que cet abominable soleil fût couché pour sortir, et l'atmosphère demeurait encore
matelassée de vapeurs lourdes.

Quant à Louise, elle se confina dans sa chambre, somnolant, anonchalie sur une chaise, perdant son peu de force dans le milieu déprimant
des canicules. Elle descendit à peine, le soir,
malgré les supplications de Jacques qui l'entraî-
nait pour la faire marcher un peu et se dis-
traire, jusque chez Norine.

La distraction était, il est vrai, médiocre. Elle
et le père Antoine se plaignaient sans trêve
des manœuvres qu'ils avaient loués, expliquant
qu'ils avaient engagé pour la moisson les sapeurs belges qui parcourent le nord et l'est

de la France, à cette époque, criant que c'était
une ruine que ces gens qu'il fallait payer et
nourrir.

— C'est du fléau, disait Norine, c'est des fai-
gnants, faudrait qu'on leur-y porte tout! on est
ben malheureux, tout de même. Il y a que les
gens qui ont pas de récolte qui savont pas!

— Mais, fit Jacques, vous ne pouvez donc pas
couper vos blés vous-mêmes?

— Oh là!... oh là!... mais, mon cher garçon,
la moisson elle serait terminée tant qu'à vendange. Ça durerait prochainement trois mois.

Et le vieux finissait par avouer que les belges
avec la petite faux de leur sape et leur crochet
allaient plus vite en besogne et travaillaient
mieux que tous les hommes du pays réunis ensemble.

— Nous savons pas nous; nous sommes des
piqueurs. Nous travaillons avec la grande faux
qu'est là dans le coin, mais ça fait de la lente
ouvrage et pour le blé qu'a versé, on n'en sort
pas et puis qu'on en perd!

Las de solitude, une après-midi, Jacques
quitta le château et se promena sur les côtes de
la Renardière, à la recherche du père Antoine.

Partout, en haut des collines, en bas du val,
des gens fauchaient et, le son portant loin,
il entendait distinctement le bruit de soie,
suivi du tintement métallique de la sape coupant le blé. La vie du paysage changeait selon les côtes. Près de Tachy, la moisson était
terminée, les moyettes posées en tas, pareilles à
des ruches d'abeille sur un sol pâle hérissé
de courts chalumeaux par les pieds épargnées des tiges, des voitures circulaient qu'on
chargeait de gerbes et des meules s'élevaient,
semblables à d'énormes pâtés enveloppés de
paille. Du côté de la Renardière, l'on commençait à faucher seulement et l'on apercevait des
grands chapeaux, aucune tête, à peine un bout
d'échine, et partout des bouquets de fesses remuant sur des jambes écartées par un va-et-vient
balancé et lent.

Jacques reconnut enfin la tante Norine et l'on-

cle s'agitant auprès des sapeurs qu'ils avaient
loués. Ils s'arrêtèrent, en le voyant. Jacques demeura ébloui par le soleil, suant des averses,
ébahi de voir ces Belges parfaitement secs, coupant le blé, d'une main, le couchant, de l'autre,
sur leurs crochets.

C'étaient de hauts gaillards, à barbes jaunes,
à teint bis, à yeux cillés de blond, de faux albi-
nos couverts d'une patine par la flamme du
temps. Ils portaient une grossière chemise à
raies, ainsi épaisse et rude qu'un cilice, et, attaché à la ceinture de cuir du pantalon et pendant
sur le bas-ventre, un cornet de fer-blanc plein
d'eau et de paille pour mouiller et empêcher de
ballotter la pierre à aiguiser la sape.

Ils ne soufflaient mot et comme ils fauchaient
du blé couché par les pluies, ils peinaient, se
crachaient dans les mains, et leurs sapes criaient
sur le blé qui tombait avec un long déchirement
d'étoffes.

—Eh là ! bonnes gens ! c'en est un ouvrage que
le blé versé ! soupirait l'oncle Antoine, et il ajouta

cette remarque qui ne plut guère à Jacques :
Vrai, que tu sues, mon neveu, à ne rien faire !

Quelle fournaise ! pensa le jeune homme, qui
s'assit en tailleur et se tassa, cherchant à s'abri-
ter le corps dans le cercle d'ombre projeté par
les ailes de son large chapeau de paille. Et quelle
blague que l'or des blés ! se dit-il, regardant au
loin ces bottes couleur d'orange sale, réunies en
tas. Il avait beau s'éperonner, il ne pouvait par-
venir à trouver que ce tableau de la moisson si
constamment célébré par les peintres et par les
poètes, fût vraiment grand. C'était, sous un ciel
d'un imitable bleu, des gens dépoitraillés et
velus, puant le suint, et qui sciaient en mesure
des taillis de rouille. Combien ce tableau semblait mesquin en face d'une scène d'usine ou d'un
ventre de paquebot, éclairé par des feux de
forges !

Qu'était, en somme, auprès de l'horrible ma-
gnificence des machines, cette seule beauté que
le monde moderne ait pu créer, le travail anodin
des champs ? qu'était la récolte claire, la ponte

facile d'un bienveillant sol, l'accouchement in-
dolore d'une terre fécondée par la semence
échappée des mains d'une brute, en comparaison
de cet enfantement de la fonte copulée par
l'homme, de ces embryons d'acier sortis de la
matrice des fours, et se formant, et poussant, et
grandissant, et pleurant en de rauques plaintes,
et volant sur les rails, et soulevant des monts, et
pilant des rocs !

Le pain nourricier des machines, la dure an-
thracite, la sombre houille, toute la noire moisson fauchée dans les entrailles même du sol en
pleine nuit, était autrement douloureuse, autrement grande.

Et il renvoya un peu du mépris qu'ils lui portaient, à ces paysans pleurards dont la clémente
vie eût été un incomparable Eden pour les mi-
neurs, pour les mécaniciens, pour tous les ou-
vriers des villes ! sans compter que, l'hiver, les
paysans baguenaudent et se chauffent, alors que
les artisans des cités gèlent et triment. Oui, va,
geins, se dit-il, s'adressant mentalement à l'on-

cle Antoine qui se lamentait, les deux mains sur
le ventre, soupirant : — C'est-il donc point malheureux que du blé mou comme ça !

— Ah çà, quoi donc que t'as, toi, fit-il, après
un silence, en regardant Jacques. Qu'est-ce qui
te prend ?

— Je suis dévoré et partout à la fois, s'écria
le jeune homme. C'était soudain une invasion
de gale, une démangeaison atroce que les écor-
chures des ongles n'arrêtaient pas. Il se sentait le corps enveloppé d'une petite flamme et,
peu à peu, à la passagère jouissance de la peau
grattée jusqu'au sang, succédaient une brûlure
plus aiguë, un énervement à crier, une douleur
chatouillante à rendre fou !

— C'est les aôutats, fit, en riant, la tante Norine, ils sont venus, tant qu'hier. Tiens, regarde,
et elle pencha la tête, écarta deux bourrelets
fermés de son cou, entre lesquels Jacques aperçut, enfoncé sous la peau, un grain de millet
rouge.

— Mais c'est rien, c'est comme qui dirait de la

puce ! reprit l'oncle ; il y en aura prochainement
jusqu'à la pluie.

Jacques envia le cuir grenu de ces gens qui ne
souffraient guères, alors que lui commençait à
grincer des dents, en se labourant les chairs.

Que le diable emporte la campagne ! se dit-il ;
il quitta les moissonneurs. Il fallait qu'il se dés-
habillât, qu'il pût se lacérer à l'aise. Il se dirigea vers le château, mais il n'eut pas la force
d'attendre, d'aller plus loin ; derrière un bouquet
d'arbres, il se dévêtit, pleurant presque, tant il
se faisait mal ; il s'arrachait des copeaux d'épiderme et ne pouvait se rassasier du douloureux
plaisir de se pincer, de se racler, de se tenailler,
de se raboter le corps et, à mesure qu'il se ravi-
nait une place, d'intolérables cuissons renaissaient à une autre, flambant partout à la fois,
l'interrompant, le forçant à se griffer de tous les
côtés, avec ses deux mains, les ramenant aux
cloques déjà mûres dont le sang partait.

Il se rajusta, tant bien que mal, monta, ainsi
qu'un homme pris de démence, dans sa chambre,

trouva Louise, presque nüe, en larmes; et chez elle, l'énervement s'était si rapidement accru que les doigts tremblaient, en même temps que les dents entre la haie desquelles sourdaient des hoquets et des râles.

Il songea tout à coup au remède des prurigos, au savon noir, descendit quatre à quatre, courut chez Norine, poussa la fenêtre mal jointe, entra, finit par découvrir du savon dans une terrine et, revenant, il en frotta, malgré ses cris, à tour de bras, sa femme, puis s'enduisit furieusement de cet écrasis gras. Il eut la sensation qu'on lui enfonçait des milliers d'épingles par tout le corps, mais ces traits aigus, cette douleur franche, lui semblèrent délicieux, en comparaison de ces ardeurs équivoques, de ces lancinements nomades, de ces grouillis exaspérants de gale.

Et, Louise se calmait aussi, mais le savon noir n'était pas assez véhément pour exterminer les aôutats; ils songèrent à les déloger avec des pointes d'aiguilles, à les extirper des galeries qu'ils creusent, mais il y en avait tant que cette

12.

chasse sous-cutanée devenait impossible. Il faudrait du soufre, de la pommade d'Emmerich, des bains de barège, se disait Jacques, désespéré.

Et la tante Norine et l'oncle les contemplèrent, le soir, retenant leurs rires, surpris que les Parisiens eussent la peau si tendre.

— Mais quoi que t'as, je te le demande, criait la vieille à sa nièce, l'aôutat c'est comme la chauboulue, ça fait de petiotes échauffures!

— Puis que c'est bon pour le sang, que ça purge, reprenait l'oncle. Tiens, mon neveu, on les tue comme le ver, en buvant du rhum et il vidait le carafon, à leur santé.

La nuit fut terrible. Une fois couchés, les démangeaisons, un peu apaisées le soir, reprirent. Harassé, dans un état de surexcitation qui lui retournait les doigts, Jacques se leva, étouffant, tandis que Louise éraillait les draps et mordait les oreillers, pour ne pas crier.

Puis elle finit par s'abattre et par s'endormir. Et, à son tour, Jacques, loin de la chaleur du lit,

s'apaisa. Assis. nu, devant sa table, il se remâ-
cha ses tristesses et s'incita, dès qu'il aurait reçu
quelques sous, à regagner Paris, au plus vite.
Tout, excepté les acarus spéciaux à ce pays, se
dit-il, j'en ai assez! Et il compta les jours ; son
ami avait enfin déniché une maison de banque
qui consentait à escompter ses billets. Mais il y
avait un tas de papiers à signer, une procuration
à préparer, un engagement de laisser une petite
somme, comme entrée en affaires, une masse de
formalités qui n'en finissaient plus ; mettons une
huitaine encore, et il m'arrivera ce qui voudra
à Paris, mais ce que je vais filer!... Puis il est
bien manifeste que la campagne ne profite pas à
Louise. Elle est constamment enfermée et ne
veut pas sortir ; enfin le côté sinistre de ce château agit évidemment sur elle...

Et lui-même, depuis que l'ennui de la campagne s'affirmait, se sentait repris par ce malaise
vague, par cette confuse transe qui l'avaient si
violemment ployé, dès son arrivée à Lourps.

Ce fait existait. Une fois reposé des fatigues du

voyage et accoutumé à une nouvelle vie, l'instinc-
tive répulsion qu'il avait éprouvée pour le château
s'était tue. Les bruits nocturnes qui emplissaient
cette ruine, ces batailles d'oiseaux qu'on entendait distinctement, aux étages supérieurs, dans
la nuit des pièces, ces grondements du vent qui
balayait les couloirs, jouait de l'harmonica par
les fentes des carreaux et maniait le sifflet d'a-
larme sous les portes, il ne les percevait plus. Il
dormait, réveillé seulement de temps à autre,
prêtant l'oreille aux battues braconnières du
bois, aux cris des hiboux qui bubulaient en
face.

Mais ce n'était qu'une sensation agacée, inquiète sans crainte positive, sans terreur vraie ;
il se rendormait indifférent, en somme, à ces
périls dont la menace ne lui apparaissait plus.

Et un autre fait se produisait. L'assoupisse-
ment que lui versait le grand air avait engourdi
cette vie de songes qui s'était, depuis son arrivée
à Lourps, si singulièrement accrue. Il dormait
maintenant sans aucun trouble ; par-ci, par-là, il

se sentait errer encore sur la frontière du rêve, mais, de même qu'à Paris autrefois, il ne conservait, en se réveillant, aucun souvenir de ces vagabondages sur les territoires du délire, ou bien il ne se rappelait que des débris d'incursions, dénués de sens.

L'ennui commençait à rompre cette sérénité animale. La veille, déjà, il avait flotté pendant son sommeil, au milieu d'événements incohérents et vides. Il se souvenait seulement d'avoir rêvé, mais sans pouvoir rajuster les linéaments d'un songe dispersés dès l'aube; et maintenant, cette nuit, irrité par le feu de sa peau, énervé par les souffrances, il était repris par la peur, une peur mystérieuse, impulsive, une sorte de rêve éveillé, dont les images se recouvraient, les unes les autres, se brouillaient tant elles allaient vite, une peur dont la parenté avec les affres d'un songe semblait certaine. Ces bruits oubliés du château, il les entendait actuellement, avec une certitude absolue, intense.

Le terre-à-terre de l'âme, l'inertie de l'esprit

qui sont les causes les plus décisives de la bra-
voure, car le courage de l'homme mis en face
d'un péril tient presque toujours à une grossiè-
reté de sa machine nerveuse dont le lourd mécanisme ne vibre point, avaient cessé pour lui.
Graissé et remonté par l'ennui, l'outillage de son
cerveau s'était remis en marche et la nourricière
du cauchemar et de la peur, l'imagination, l'emportait aussitôt, suggérant des exagérations,
multipliant des aspects de dangers, courant, en
tous sens, par les voies nerveuses dont le délicat
système oscillait à chaque secousse et déchar-
geait son énergie. Et il demeura, agité sur sa
table par une tempête interne, dans laquelle sur-
nageaient des commencements de pensées qui
s'inachevaient, des décombres d'idées dont la
structure démolie ressemblait à celle de certains rêves.

Comme réveillée par le mutisme de son mari,
Louise, les yeux grands ouverts, se dressa sur
son séant et fondit en larmes.

Il essaya de lui prendre les mains ramenées

sur son visage, et, lorsqu'au travers des doigts qu'il écartait, il aperçut les yeux, il saisit une expression double, passant sous le voile des pleurs, une expression de détresse affreuse et de mépris.

Il laissa retomber les doigts qui recouvrirent la figure tels qu'une visière grillée de casque, et il s'assit au pied du lit.

Une lucidité parfaite l'éclairait soudain, balayait le vague de ses inquiétudes et de ses frayeurs, accaparait tout le domaine de son esprit par la force de l'idée nette. Il comprenait que, depuis trois ans qu'ils étaient mariés, aucun des deux ne se connaissait.

Lui, parce que, malgré ses recherches, il n'avait pas eu l'occasion de sonder sa femme dans un de ces moments où les tréfonds de l'âme surgissent; elle, parce qu'elle n'avait jamais eu besoin, dans le placide milieu d'une ville, d'un défenseur.

Jacques voyait assez clair en eux, à cette heure, pour apercevoir la réciprocité de leurs mésestismes. Il découvrait chez Louise une âpreté héréditaire de paysanne, oubliée à Paris, développée par le retour dans l'atmosphère du pays d'origine, hâtée par les appréhensions d'une pauvreté soudaine. Elle, trouvait subitement chez son mari une défaillance nerveuse, une de ces faiblesses d'âme fine dont le mécanisme en émoi est odieux aux femmes.

Et loin de ses peurs puériles et de ses songes creux relégués d'un coup, Jacques pensa mélancoliquement à cette solitude qui, semblable à un iodure, faisait sortir les boutons de leur maladie spirituelle, secrète, et les rendait visibles, inoubliables à jamais, l'un pour l'autre.

IX

Au grand désespoir des paysans qui sacraient
dès l'aube, le temps changea. Presque sans transition, le ciel chauffé à blanc se refroidit sous la
cendre accumulée des nuages et, imperturbable
et lente, la pluie tomba.

Cette pluie meurtrière des aoûtats qui dispa-
rurent et auxiliatrice des forces ébranlées par la
canicule, parut délicieuse à Jacques, dont la
cervelle se remit d'aplomb; mais, après deux
jours d'infatigables averses, des difficultés inat-
tendues survinrent.

Un matin, une paysanne maigre et coxalgique,
poussant devant elle un somptueux ventre très
peuplé, entra, déclara qu'elle était la mère de

13

l'enfant de Savin chargée des courses, s'étendit longuement sur la santé délicate de sa fille et finit par annoncer que si la dame ne lui donnait pas quarante sous par jour, elle n'enverrait plus l'enfant porter des provisions au château, par ces temps de pluie.

— Mais, fit observer Louise, vous nous faites payer les liqueurs, les confitures, le fromage, tout, deux fois plus cher qu'à Paris ; il me semble qu'avec ces bénéfices et les vingt sous attribués chaque matin, à votre fille, vous pouvez vous montrer satisfaite.

La femme s'exclama sur le prix des chaussures qu'usait l'enfant, tendit son ventre de femme grosse, accusa son mari d'être un ivrogne, geignit de telle sorte que les Parisiens, harassés, cédèrent.

Puis surgit la question du pain. Ainsi que Jacques l'avait prévu, l'eau transperça le panier dans lequel le boulanger des Ormes déposait la miche, au bout du parc, et il fallut mâcher de l'éponge trempée, mordre une pâte molle dans laquelle les couteaux se rouillaient, en perdant leur fil.

Le dégoût de cette bouillie mata Jacques qui s'astreignit à surveiller l'heure, à descendre dans la boue, sous les ondées, pour recevoir le pain des mains mêmes du boulanger et le rapporter sous son habit, à peu près sec.

Le puits s'en mêla également, l'eau s'avaria sous les averses, de bleue devint jaune, remonta bourbeuse, persillée de folioles et de têtards, et il fallut la filtrer dans des torchons afin de la rendre presque potable.

Enfin le château se révéla terrible. La pluie entra de toutes parts, les chambres suèrent ; la nourriture resserrée dans les placards moisit et une odeur de vase souffla dans l'escalier en larmes.

Constamment, Jacques et Louise sentirent se poser sur leur dos une chape humide et, le soir, ils pénétrèrent, en grelottant, dans un lit dont les draps paraissaient trempés.

Ils allumèrent des bourrées et des pommes de pins, mais la cheminée, sans doute décapitée, en haut du toit, ne tirait guère.

La vie fut insupportable dans cette glacière ;
Louise, mal en train, se leva juste pour préparer
le manger et se recoucha. Jacques erra, désorbité, par les pièces.

Il avait reçu quelques livres de son ami Moran, des livres préférés, odorants et aigus ; mais
un singulier phénomène se produisit dès qu'il
tenta de les relire ; ces phrases, qui le captivaient
à Paris, se desserraient, s'effilochaient à la campagne ; enlevée de son milieu, la littérature capi-
teuse s'éventait ; la venaison se décolorait, perdait le violet et le vert de ses sucs ; les périodes
sanglières s'apprivoisaient et puaient le sain-
doux ; les idées obtenues après de sévères tries,
blessaient telles que des notes fausses. Positivement, l'atmosphère de Lourps changeait les
points de vue, émoussait le morfil de l'esprit,
rendait impossibles les sensations du raffine-
ment. Il ne put relire Baudelaire et il dut se con-
tenter de parcourir les journaux arriérés qu'il
recevait ; et, bien qu'il n'y prît aucun intérêt, il
les attendait avec impatience, espérant toujours,

vers l'heure de midi, l'arrivée du facteur et des lettres.

Dans son désœuvrement, ce fabuleux pochard tint une place ; il le faisait parler, pendant qu'il récurait les plats et s'ingurgitait des lampées de vin ; mais la conversation de cet homme était des moins variées ; toujours, il se plaignait des longueurs de sa tournée et criait misère ; puis il débitait des cancans récoltés à Donnemarie ou à Savin, annonçant des mariages de gens que Jacques ne connaissait pas, avouant des panses pleines, surveillées par le curé, rattrapées à temps par le maire.

Jacques finissait par bâiller et le facteur, un peu plus soûl qu'en venant, partait sans trébucher, pataugeant dans les ornières et les flaques.

Jacques restait alors, pendant des heures entières, à regarder par la fenêtre tomber la pluie ; elle coulait sans discontinuer, rayant l'air de ses fils, dévidant son clair écheveau en diagonale, éclaboussant les perrons, claquant sur les vitres, crépitant sur le zinc des tuyaux, délayant plus loin la plaine, fondant les buttes, gâchant les routes.

La coque du château vide chantait sous les averses ; parfois même de longs glouglous s'entendaient dans l'escalier dont les marches formaient cascade, ou bien un bruit de cavalerie en marche ébranlait les dalles des corridors sur lesquelles les gouttières effondrées versaient des paquets d'eau.

La campagne était sinistre ; sous un ciel gris, très bas, des nuages pareils à des fumées d'incendie fuyaient en hâte et s'écrêpaient sur des côtes lointaines dont les caillasses dégoulinaient dans des flots de boue. Parfois des rafales hurlaient qui secouaient le bois en face, entouraient le vacarme interne du château d'un bruit mugissant de vagues ; et les arbres pliés rebondissaient, criaient sous la chaîne des lierres, tendus comme des cordages, se déchevelaient, perdant leurs feuilles qui volaient, ainsi que des oiseaux, à tire-d'aile, au-dessus des cimes.

Il devenait de plus en plus impossible de
mettre, sans s'enliser, les pieds dehors. Jacques
s'abattit dans un affreux marasme, atteignit du
coup le midi de son spleen. Dans ce complet désarroi, sa femme ne lui fut d'aucun secours ; elle
le gêna même, car leurs relations étaient sans
franchise maintenant, pleines de réticences ;
puis le mutisme de Louise l'exaspéra ; cette
façon, lorsqu'il recevait une lettre de Paris, de
regarder le papier sans s'occuper des nouvelles
qu'il apportait, le blessa ; il sentait, dans cette
manière d'agir, un parfait dédain pour sa maladresse d'homme pratique ; il lui semblait enfin
que le changement moral qui s'était opéré en
Louise se répercutait sur sa face. Il en arriva,
sous la pression de cette idée, à s'adultérer la
vue, à se convaincre que les traits de sa femme
se paysannaient ; elle avait été jadis assez plai-
sante, avec ses yeux noirs, ses cheveux bruns,
sa bouche un peu grande, sa figure en fer de
serpe, un peu chiffonnée et fraîche. Maintenant,
les lèvres lui parurent s'effiler, le nez se durcir,

le teint se hâler, les yeux s'imprégner d'eau froide. A force de dévisager la tante Norine et sa femme, de chercher des similitudes de physionomies, des parités de mines, il se persuada qu'elles se ressembleraient, un jour; il vit en Norine sa femme vieille et il en eut horreur.

Habile à se tourmenter, il remonta dans ses souvenirs, se rappela la famille de Louise dont il avait entrevu le père, mort quelque temps après son mariage, un brave homme retraité dans les douanes, et qu'une de ses cousines également décédée lui avait fait connaître; il restait, au fond de ce vieillard régulier et doucement têtu, des vestiges de sang paysan, un relent d'ancienne caque! et mille petits détails lui revinrent tels que les reproches de sa femme alors qu'il rapportait, autrefois, un bibelot ou des livres payés cher.

Obsédé par une idée fixe, il rapportait ce souci du ménage qu'il admirait autrefois à des instincts de cupidité maintenant mûre. A se raisonner ainsi, à se remâcher sans cesse les mêmes ré-

flexions, dans la solitude, il finit par se fausser
l'esprit et par attribuer à des faits sans importance une valeur énorme.

Moi-même je change, se dit-il, un matin, en
se regardant dans une petite glace ; sa peau jau-
nissait, ses yeux se ridaient, des poils blancs
salaient sa barbe ; sans être très grand, il avait
toujours eu le corps un peu penché, voilà maintenant qu'il se voûtait.

Bien qu'il ne fût guère épris de sa personne,
il s'attrista de se voir si vieux à trente ans. Il se
sentit fini, lui et sa femme, vidés jusqu'aux
moelles, inaptes à tout effort de volonté, incapables de tout ressort.

De son côté, Louise s'excédait, malade, faible,
effarée par cette maladie sans remède qui la
minait. Lasse d'abandon, elle ne pensait plus
que pour s'irriter de ne voir arriver aucun argent. Elle ne comprenait pas la lente paperas-
serie des banques, ne se doutait pas de la
difficulté des escomptes, attribuait à la mauvaise
volonté de l'ami Moran cette situation désespé-

rante qui l'accablait; et elle n'ouvrait plus la
bouche, ne voulant pas rendre le séjour de ce
château odieux par des querelles.

Un animal vint heureusement se faufiler entre
leurs deux existences et les rejoignit ; c'était le
chat de la tante Norine, un grêle matou, mal
nourri et laid, mais affectueux ; cette bête, d'a-
bord sauvage, s'était rapidement apprivoisée ;
l'arrivée des Parisiens avait été pour elle une
aubaine ; elle mangeait les restes des viandes et
des soupes, mais depuis quelque temps seulement, car la tante Norine gardait pour elle et
dévorait les résidus que sa nièce lui remettait
pour le chat.

S'étant aperçus de ce manège, les Parisiens
distribuèrent alors, eux-mêmes, les rogatons à la
bête qui les suivit et, lasse de famine et de coups,
s'installa près d'eux dans le château.

Ce fut à qui la gâterait ; ce chat devint un sujet
émollient de conversation, un trait d'union sans
danger d'aigreurs, et il égaya par ses cavalcades
la solitude glacée des pièces.

Il resta enfin couché avec Louise, lui prenant de temps en temps le cou entre ses deux pattes et lui donnant par amitié, contre les joues, de grands coups de tête.

La pluie persista. Jacques se promena derechef au travers de la bâtisse. Il retourna dans la chambre à coucher de la marquise, essaya de s'évader de l'ennui présent, en se reculant d'un siècle, mais il suffit que ce désir lui vînt pour que l'impossibilité de le satisfaire se montrât ; d'ailleurs les sensations qu'il avait éprouvées la première fois qu'il pénétra dans cette pièce ne se renouvelèrent point. L'odeur d'éther qui l'avait si spécieusement enivré lorsqu'il ouvrit une porte, avait depuis longtemps disparu. Aucune idée galante ne pouvait plus s'insinuer de ce taudis dont la décomposition s'accélérait dans la hâtive pourriture d'une saison tournée. Il ferma la chambre, décidé à ne jamais plus la visiter et las des autres pièces, il se résolut à explorer les caves.

Il emprunta une lanterne à l'oncle Antoine qui poussa de hauts cris, déclarant que cela portait malheur d'entrer sous le château. Énergiquement il refusa de suivre Jacques qui combattit seul contre une porte dont la serrure griffait, à chaque secousse. Il finit par la démonter à coups d'épaules et à coups de pieds, se trouva en face d'un escalier qui n'en finissait plus, sous une voûte massive, tendue par des toiles d'araignées de voiles déchirés de mousseline sombre; il descendit la spirale tiède et humide des marches et aboutit à une sorte de porche, taillé en ogive, soutenu par des colonnes dont les blocs d'un gris jaunâtre, piquetés de points noirs, étaient semblables à ces pierres, lissées par l'usure des temps, qui éclairent les masses austères des vieux portails. L'antiquité de ce château dont la fondation remontait à la période de l'art gothique, s'affirmait, dès l'entrée de cette cave.

Il ambula dans de longs cachots aux murs énormes et aux plafonds en arc, hérissés d'artichauts de fer et de crocs pareils à des fers de gaffe. Il se demandait quel avait été l'usage de ces instruments qui écharpaient l'air et regardait, étonné, la surprenante épaisseur de ces murs dans lesquels apparaissaient, de temps à autre, au bout d'un creux d'au moins deux mètres, des soupiraux, debout, en forme d'I.

Toutes ces caves étaient identiques, rejointes entre elles par des portes sans battants et vides. Mais, se dit-il, toutes ne sont point là ; et, en effet, étant donnée la superficie du château, cette rangée de pièces occupait à peine le dessous de l'une de ses ailes. D'autre part, le terrain frappé sonnait le creux ; tout était bouché. Il chercha la place des allées de communication ; mais les murailles étaient d'un deuil uniforme et le sol semblait en terre battue de suie ; d'ailleurs, la lanterne éclairait trop mal pour qu'il pût examiner attentivement la soudure des moellons et vérifier les patines des pierres.

Somme toute, il avait cru découvrir des corridors immenses, des souterrains à perte de vue ; tout était clos.

— Mais, sans doute, mon neveu, qu'il y a des souterrains et ils sont bien connus dans le pays.

Je compte qu'ils vont tant qu'à Séveille, le village
qu'est à une portée de fusil loin de Savin. On
dit aussi qu'ils emmènent sous l'église ; oh ! c'est
bouché depuis tant d'ans qu'on ne sait plus...

— Si nous les débouchions ? proposa Jacques.

— Hein ! quoi ? mais t'es donc fou, mon homme,
pourquoi donc faire, que je te demande ?

— Vous trouveriez peut-être des trésors enfouis
sous les dalles, reprit Jacques d'un ton sérieux.

— Eh là !... eh là !... et le père Antoine se gratta
la tête ; ça se pourrait ben, tout de même. J'en ai
eu quelquefois l'idée, mais d'abord, le proprié-
taire, il voudrait pas ; et puis, que ni moi ni
personne, dans le pays, nous serions assez simples
pour y descendre. Non, il y a des airs coléreux
là dedans qui suffoquent, reprit-il, après un silence, comme pour s'affermir dans son opinion.

Plusieurs fois, Jacques revint à la charge, espérant décider le vieux à pratiquer des brèches, car,
à défaut des trésors auxquels il ne croyait guère,
le jeune homme souhaitait de déterrer de curieux
vestiges. Et puis ce serait une occupation, un

intérêt, dans sa vie déserte. Mais bien que l'oncle fût alléché par la perspective d'un trésor, il ne céda pas. Sa cupidité fut vaincue par sa peur et il se borna à hocher la tête, répondant : Sans doute... sans doute... se refusant même à examiner l'entrée des caves.

D'ailleurs, il s'alita pendant quelques jours ; il se plaignait de tournoisons dans la cervelle. Sa nièce lui conseilla de voir un médecin, mais alors lui et Norine levèrent les bras au ciel : J'ai point d'argent à manger avec leurs drogues, moi! cria-t-il ; et il se contenta de boire la panacée du pays, la tisane de menthe verte.

Cette maladie fut une véritable chance pour Jacques qui put passer la journée hors du château et rendre visite aux vieux. Pendant des heures, il fuma de placides cigarettes près de l'âtre.

Puis, le milieu de cette chaumine lui était moins hostile que celui du château. Il se sentait plus chez soi, plus au chaud, plus à l'abri, mieux habillé par ces murs qui le calfeutraient

que dans cette grande chambre de Lourps dont
les hautes murailles lui semblaient s'écarter
pour le mieux glacer autour de lui.

L'unique pièce de cette hutte l'amusait, du
reste, avec ses vieux chaudrons de cuivre, ses
antiques landiers sur lesquels se tordaient les
rouges serpents des bourrées sèches, ses deux
alcôves garnies chacune d'une couchette, séparées par un gigantesque buffet de noyer ciré, son
coucou à fleurs, ses assiettes barbouillées de
rose et de vert, ses larges poêles de fonte noire,
à queues munies d'une boucle, longues d'une
aune.

Tous ces pauvres ustensiles s'étaient accordés
avec le temps qui avait adouci la crudité des
tons et marié le brun chaud du noyer plein, au
noir velouté de suie des coquemars et au jaune
froid et clair des bassines ; Jacques se complut à
examiner ce mobilier, à scruter les surprenan-
tes gravures accrochées au-dessus de la hotte de
la cheminée, dans des baguettes plates, peintes
en brique.

Deux surtout, une petite et une grande, le dé-
ridaient. La petite représentait un épisode de la
« Prise des Tuileries, le 29 juillet 1830 » et elle
contenait cette touchante histoire, imprimée dans
la marge, en bas :

Un élève de l'école polytechnique se présentait à l'officier qui défendait l'entrée des Tuileries et le sommait de lui livrer passage ; celui-ci
ripostait par un coup de pistolet et manquait le
polytechnicien qui, lui appuyant la pointe de son
épée sur la poitrine, disait : « Votre vie est à
moi, mais je ne veux pas verser votre sang,
vous êtes libre. » Alors, transporté de reconnais-
sance, l'officier détachait sa croix et s'écriait, en
la mettant sur l'estomac du héros : « Brave
jeune homme, tu la mérites par ton courage et ta
modération. » Et le brave jeune homme la refusait, parce qu'il ne s'en croyait pas encore
digne.

Sur ce thème chevaleresque, l'artiste d'Epinal
s'était ému. L'officier était immense, coiffé d'un
schako en pot de chambre retourné d'enfant,

vêtu d'un habit à queue de morue rouge et d'un
pantalon blanc. Derrière lui, des soldats plus petits et costumés de même regardaient béants, de
leurs yeux noyés de larmes, la belle conduite de
ce polytechnicien, haut comme une botte, qui
louchotait, l'air idiot, en face du grand officier
de bois. Et derrière le héros, affublé d'un bicorne
et habillé de bleu, la foule simulée par deux personnes, un bourgeois, coiffé d'un bolivar à poils
et un homme du peuple, surmonté d'une casquette en forme de tourte, s'entassait, brandis-
sant un drapeau tricolore, au-dessus d'arbres
peinturlurés à la purée de pois et collés sur un
ciel d'un bleu gendarme, orné de nuages en vo-
mis de vin.

L'autre gravure, également coloriée, était
moins martiale mais plus utile. De fabrication
récente, elle s'intitulait : « Le Médecin à la maison. » Cette estampe dont le cadre imprimé contenait des recettes de liniments et de tisanes,
était divisée en une série de petites images rela-
tant les accidents et les maux de personnes qui

portaient des culottes à sous-pieds et à ponts, des
habits bleu barbeau, des cravates à goitre, des
favoris et des toupets du temps de Louis-Phi-
lippe. En une piteuse litanie, tous grimaçaient,
les uns au-dessous des autres, présentant le douloureux spectacle de gens qui ont une arête dans
le gosier, des échardes dans les mains, des pu-
cerons dans les oreilles, des corps étrangers dans
les yeux, des œils de perdrix dans les doigts de
pieds.

— C'est une couple de peintures que le père à
Parisot nous a données pour notre noce, dit le
vieux à Jacques monté sur une chaise pour voir
de plus près ces œuvres d'art.

Et les journées s'égouttaient à se chauffer les
jambes, à bavarder avec l'oncle. Jacques l'inter-
rogeait sur le château, mais le père Antoine s'em-
brouillait dans ses explications et d'ailleurs ne
savait rien.

Le château avait autrefois appartenu à des
nobles ; le pays se rappelait une famille de Saint-
Phal qui possédait également un château dans le

voisinage, à Saint-Loup ; elle était enterrée derrière l'église, mais les tombes étaient abandon-
nées et les descendants de cette lignée, en admettant qu'ils existassent, n'avaient jamais re-
paru dans le pays ; depuis quatre-vingts ans le
château avait été dépecé de ses futaies et de ses
terres achetées par les paysans, vendu tel quel à
des gens de Paris qui ne s'étaient jamais décidés
à le réparer et s'efforçaient constamment de le
revendre. En raison de son délabrement et du
manque d'eau, personne ne consentait plus
maintenant à l'acquérir. La dernière mise à prix,
à la chandelle, de vingt mille francs, n'avait
même pas été couverte.

Ou bien le père Antoine parlait de la guerre
de 1870, racontait les fraternelles relations des
paysans et des Prussiens. — Oui-da, mon neveu,
ils étaient ben gentils, ces gas-là que j'ai logés ;
jamais un mot plus haut que l'autre et des
hommes qu'avaient du sang ! Quand ils ont dû
marcher vers Paris, ils pleuraient, disant : Papa
Antoine, nous capout, capout ! — puis, qu'ils

avaient pas leurs pareils pour soigner le bestial!

— Alors vous n'avez pas souffert de l'invasion?
demanda Jacques.

— Mais non... mais non... Les Prussiens ils
payaient tant qu'ils prenaient; à preuve que Parisot s'est fait du bien, dans ce temps. Il y avait,
avec cela, un colonel qu'on aimait ben. Il réu-
nissait, le matin, le régiment sur la route et il
disait : Y a-t-il quelqu'un ici qui ait à se
plaindre de mes soldats? Et qu'on répondait : Je
pense point, et qu'on criait de bon cœur : vive
les Prussiens!

Jacques le laissait aller, l'écoutait, à certains
jours, regardant, par d'autres, à la fenêtre, sous
la pluie, les ébats trempés des bêtes. Justement,
l'oncle Antoine s'était procuré une troupe d'oies
qui, constamment, d'un air solennel et idiot,
parcouraient la cour. Elles s'arrêtaient, le jars
en tête, devant la maison, gloussaient avec un
petit rire imbécile et satisfait, buvaient dans une
barrique enfoncée en terre, levaient la tête,
toutes ensemble, comme si elles eussent voulu

faire descendre l'eau, puis, subitement, sans cause, se dressaient sur leurs pattes, battaient de l'aile, s'élançaient droit sur l'étable, en poussant des cris affreux.

D'autres fois, la tante Norine revenait dans la journée, et quand sa nièce, qui lui en imposait un peu, n'était point là, elle entamait des conversations grivoises qui faisaient bouillir l'eau claire de ses yeux ; stupéfié, Jacques apprenait que l'oncle se conduisait en héros, paladinait tous les soirs, et il demeurait atterré, alors que la vieille disait, en prenant des mines évaporées et contrites : Puis que c'est ben bon, hein, mon homme ?

Jacques sentait les pâles instincts charnels qui se réveillaient de temps en temps en lui s'évanouir ; il s'éprenait même d'un immense dégoût pour ces ridicules secousses qu'il ne pouvait plus s'imaginer sans qu'aussitôt l'abominable image se levât de ces deux vieillards s'agitant sous leur bonnet de coton, et dormant à la fin, repus dans leurs ordures.

Il commençait d'ailleurs à se lasser de la chaumière, du vieux, de ses prouesses et de ses oies, quand l'oncle, remis sur pieds, retourna aux champs. Alors il recommença ses promenades dans le château, parvint à un tel degré d'hébétude que, pour s'occuper, il vérifia des trousseaux de clefs pendus dans un placard et les essaya dans toutes les serrures des armoires et des portes. Puis, quand l'intérêt de cette inutile tâche fut usé, il se rabattit sur le chat, jouant à cache-cache avec lui dans les couloirs, mais cette bête qui s'était d'abord amusée à ces cavalcades et à ces guets se lassa. D'ailleurs, elle semblait malade, couchait l'oreille à droite, penchée de travers de même qu'un bonnet de police, et implorait du regard, en poussant des cris. Elle finit par ne plus courir, par ne plus sauter; mal d'aplomb sur ses pattes, elle paraissait atteinte de rhumatisme dans l'arrière-train.

Louise la prit avec elle, la frictionna, la couvrit de caresses, car elle s'était attachée à ce chat qui les suivait, elle et son mari, comme un petit chien.

Elle parla de l'emmener à Paris pour le soustraire à l'humidité de cette campagne, et, de
bonne foi, elle s'indigna contre Jacques qui dé-
plorait que cet animal fût si exorbitamment
laid.

Le fait est que ce chat, maigre ainsi qu'un cent
de clous, portait la tête allongée en forme de
gueule de brochet et, pour comble de disgrâce,
avait les lèvres noires; il était de robe gris cendre, ondée de rouille, une robe canaille, aux poils
ternes et secs. Sa queue épilée ressemblait à
une ficelle munie au bout d'une petite houppe et
la peau de son ventre, qui s'était sans doute dé-
collée dans une chute, pendait telle qu'un fanon
dont les poils terreux balayaient les routes.

N'étaient ses grands yeux câlins, dans l'eau
verte desquels tournoyaient sans cesse des graviers d'or, il eût été, sous son pauvre et flottant
pelage, un bas fils de la race des gouttières, un
chat inavouable.

C'est à crever ici, se dit Jacques, lorsque cette
bête refusa de jouer. Et ce qu'on est mal! pas

même un fauteuil pour s'asseoir ! impossible, comme aux bains de mer, de fumer du tabac qui ne soit pas mouillé — et ne pas même avoir envie de lire !

Il avait beau se coucher à neuf heures, la soirée ne finissait plus. Il acheta des cartes à Jutigny, s'efforça de prendre intérêt au jeu de bezigue, mais lui et sa femme se rebutèrent, après deux parties.

Un soir pourtant, il se sentit mieux disposé, plus à l'aise. Il ventait à soulever le château dont les corridors tonnaient ainsi que des bombardes et sifflaient par instants tels que des flûtes. Tout était noir; Jacques bourra la cheminée de pommes de pins et de brindilles, et dans la gaieté des flammes qui s'épanouissaient en touffes de tulipes roses et bleues le long des fleurs de lys noires éparses sur la vieille plaque de fer, au fond de l'âtre, il but un verre de rhum et roula des cigarettes qu'il fit sécher.

Louise s'était couchée et caressait le chat étendu sur sa poitrine. Jacques, assis le coude

14

appuyé sur la table, somnolait, l'œil perdu, la tête vague. Il se secoua, approcha les deux hautes bougies qui éclairaient avec le feu la pièce et il se prit à feuilleter quelques revues que son ami Moran lui avait envoyées de Paris, le matin même.

Un article l'intéressa et l'induisit à de longues rêveries. Quelle belle chose, se dit-il, que la science ! voilà que le professeur Selmi, de Bologne, découvre dans la putréfaction des cadavres un alcaloïde, la ptomaïne, qui se présente à l'état d'huile incolore et répand une lente mais tenace odeur d'aubépine, de musc, de seringat, de fleur d'oranger ou de rose.

Ce sont les seules senteurs qu'on ait pu trouver jusqu'ici dans ces jus d'une économie en pourriture, mais d'autres viendront sans doute ; en attendant, pour satisfaire aux postulations d'un siècle pratique qui enterre, à Ivry, les gens sans le sou à la machine et qui utilise tout, les eaux résiduaires, les fonds de tinettes, les boyaux des charognes et les vieux os, l'on pourrait convertir les cimetières en usines qui apprêteraient sur commande, pour les familles riches, des extraits concentrés d'aïeuls, des essences d'enfants, des bouquets de pères.

Ce serait ce qu'on appelle, dans le commerce l'article fin; mais pour les besoins des classes laborieuses qu'il ne saurait être question de négliger, l'on adjoindrait à ces officines de luxe, de puissants laboratoires dans lesquels on préparerait la fabrication des parfums en gros; il serait, en effet, possible de les distiller avec les restes de la fosse commune que personne ne réclame; ce serait l'art de la parfumerie établi sur de nouvelles bases, mis à la portée de tous, ce serait l'article camelote, la parfumerie pour bazar laissée à très bon prix, puisque la matière première serait abondante et ne coûterait, pour ainsi dire, que les frais de main-d'œuvre des exhumateurs et des chimistes.

Ah! je sais bien des femmes du peuple qui seraient heureuses d'acheter pour quelques sous des tasses entières de pommades ou des pavés de savon, à l'essence de prolétaire!

Puis quel incessant entretien du souvenir, quelle éternelle fraîcheur de la mémoire n'obtiendrait-on pas avec ces émanations sublimées de morts! — A l'heure actuelle, lorsque de deux êtres qui s'aimèrent, l'un vient à mourir, l'autre ne peut que conserver sa photographie et, les jours de Toussaint, visiter sa tombe. Grâce à l'invention des ptomaïnes, il sera désormais permis de garder la femme qu'on adora, chez soi, dans sa poche même, à l'état volatil et spirituel, de transmuer sa bien-aimée en un flacon de sel, de la condenser à l'état de suc, de l'insérer comme une poudre dans un sachet brodé d'une douloureuse épitaphe, de la respirer, les jours de détresse, de la humer, les jours de bonheur, sur un mouchoir.

Sans compter qu'au point de vue des facéties charnelles nous serions peut-être enfin dispensés d'entendre, le moment venu, l'inévitable « appel à la mère » puisque cette dame pourrait être là, et reposer déguisée en une mouche de taffetas ou mêlée à un fard blanc, sur le sein de sa fille, alors que celle-ci se pâme, en réclamant son aide parce qu'elle est bien sûre qu'elle ne peut venir.

Ensuite, le progrès aidant, les ptomaïnes qui sont encore de redoutables toxiques, seront sans doute dans l'avenir absorbées sans aucun péril ; alors, pourquoi ne parfumerait-on pas avec leurs essences certains mets ? pourquoi n'emploierait-on pas cette huile odorante comme on se sert des essences de cannelle et d'amande, de vanille et de girofle, afin de rendre exquise la pâte de certains gâteaux ? de même que pour la parfumerie, une nouvelle voie tout à la fois économique et cordiale, s'ouvrirait pour l'art du pâtissier et du confiseur.

Enfin ces liens augustes de la famille que ces misérables temps d'irrespect desserrent et relâchent, pourraient être certainement affermis et renoués par les ptomaïnes. Il y aurait, grâce à elles, comme un rapprochement frileux d'affection, comme un coude à coude de tendresse toujours vive. Sans cesse, elles susciteraient l'instant

14.

propice pour rappeler la vie des défunts et la citer
en exemple à leurs enfants dont la gourmandise
maintiendra la parfaite lucidité du souvenir.

Ainsi, le Jour des Morts, le soir, dans la petite
salle à manger meublée d'un buffet en bois pâle
plaqué de baguettes noires, sous la lueur de la
lampe rabattue sur la table par un abat-jour, la
famille est assise. La mère une brave femme, le
père caissier dans une maison de commerce ou
dans une banque, l'enfant tout jeune encore,
récemment libéré des coqueluches et des gour-
mes, maté par la menace d'être privé de dessert,
le mioche a enfin consenti à ne pas tapoter sa
soupe avec une cuiller, à manger sa viande avec
un peu de pain.

Il regarde, immobile, ses parents recueillis et
muets. La bonne entre, apporte une crème aux
ptomaïnes. Le matin, la mère a respectueuse-
ment tiré du secrétaire Empire, en acajou, orné
d'une serrure en trèfle, la fiole bouchée à
l'émeri qui contient le précieux liquide extrait
des viscères décomposés de l'aïeul. Avec un

compte-gouttes, elle-même, a instillé quelques larmes de ce parfum qui aromatise maintenant la crème.

Les yeux de l'enfant brillent; mais il doit, en attendant qu'on le serve, écouter les éloges du vieillard qui lui a peut-être légué avec certains traits de physionomie, ce goût posthume de rose dont il va se repaître.

— Ah! c'était un homme de sens rassis, un homme franc du collier et sage, que grand-papa Jules! Il était venu en sabots à Paris et il avait toujours mis de côté, alors même qu'il ne gagnait que cent francs par mois. Ce n'est pas lui qui eût prêté de l'argent sans intérêts et sans caution! pas si bête; les affaires avant tout, donnant, donnant; et puis, quel respect il témoignait aux gens riches! — Aussi, est-il mort révéré de ses enfants, auxquels il laisse des placements de père de famille, des valeurs sûres!

— Tu te le rappelles, grand-père, mon chéri?

— Nan, nan, grand-père! crie le gosse qui se barbouille de crème ancestrale les joues et le nez.

— Et ta grand'mère, tu te la rappelles aussi, mon mignon?

L'enfant réfléchit. Le jour de l'anniversaire du décès de cette brave dame, l'on prépare un gâteau de riz que l'on parfume avec l'essence corporelle de la défunte qui, par un singulier phénomène, sentait le tabac à priser lorsqu'elle vivait et qui embaume la fleur d'oranger, depuis sa mort.

— Nan, nan, aussi grand'mère ! s'écrie l'enfant.

— Et lequel tu aimais le mieux, dis, de ta grand'maman ou de ton grand-papa?

Comme tous les mioches qui préfèrent ce qu'ils n'ont pas à ce qu'ils touchent, l'enfant songe au lointain gâteau et avoue qu'il aime mieux son aïeule ; il retend néanmoins son assiette vers le plat du grand-père.

De peur qu'il n'ait une indigestion d'amour filial, la prévoyante mère fait enlever la crème.

Quelle délicieuse et touchante scène de famille ! se dit Jacques, en se frottant les yeux. Et il se

demanda, dans l'état de cervelle où il se trouvait,
s'il n'avait pas rêvé, en somnolant, le nez sur la
revue dont le feuilleton scientifique relatait la
découverte des ptomaïnes.

X

Il montait à tâtons, le lendemain, dans les ténèbres, suivant la spirale d'un escalier en pas de
vis. Soudain, dans un jet de lumière bleuâtre, il
aperçut un homme, tout en longueur, debout,
enveloppé d'une houppelande de ce vert spécial
au parmesan, anisée, en guise de boutons, de
grains roses, très serrée à la taille, s'évasant derrière le dos, formant un vertugadin filigrané
d'une cannetille métallique, peinte au minium.

Au-dessus de cet entonnoir échancré du devant, laissant passer deux brefs tétons nus, aux
bouts enfermés dans des dés à coudre, jaillissait
un cou à soufflets, tuyauté comme une manche
d'accordéon, puis une tête emboîtée dans un seau

hygiénique de tôle bleue, orné d'un panache de
catafalque et retenu par son anse, ainsi que par
une jugulaire, sous le menton.

Peu à peu, quand ses yeux eurent vidé la nuit
dont ils étaient pleins, Jacques distingua la face
de cet homme; sous le front cerclé de rose par la
pression du seau, deux pinceaux de poils se dressaient au-dessus d'yeux agrandis par la bella-
done, séparés par un nez en furoncle, fécond et
mûr, relié par un chenal velu à l'as de cœur d'une
bouche qu'étayait la console d'un menton ponc-
tué, comme celui d'un déménageur, d'une virgule
de poils roux.

Et un tic agitait ce visage montueux et blême,
un tic qui retroussait la pointe enflammée du
nez, haussait les yeux, agrippait du même coup
les lèvres, remorquait la mâchoire inférieure et
découvrait une pomme d'Adam granulée de pi-
cotis, de même qu'une chair déplumée de poule.

Jacques suivit cet homme dans une pièce immense, aux murs en pisé, éclairée presqu'au ras
du plafond par des fenêtres en demi-roues.

Tout en haut, près des corniches, couraient des
tuyaux d'étoffe verte, semblables à des conduits
acoustiques ou aux tubes exagérés d'un éguisier
énorme. Ni pavillon de palissandre pour souffler
dedans, ni canule qu'on y pût joindre ; rien. Ces
appareils, sans destination connue, traversaient
seulement la chambre. Au-dessous d'eux pendaient à des crocs en forme de 8 des têtes de
veaux échaudées, très blanches, tirant toutes la
langue à droite ; puis, fixés à de longs clous, des
schapskas pistache, aux plates-formes groseille,
et des schakos sans visières, en pots à beurre.

Dans un coin, sur un poêle de fonte, chantait
une marmite de terre dont le couvercle se sou-
levait en crachant de petites bulles.

L'homme plongea son bras dans la poche de sa
houppelande, ramena une poignée de cristaux
qui crièrent en se concassant dans sa main, et,
d'une voix tout à la fois gutturale et froide, il dit,
en regardant fixement de ses prunelles dilatées
Jacques :

— Je sème les menstrues de la terre dans ce

pot où bouillotte, avec les abatis d'un léporide, la venaison des légumes, le gibier du petit pois, la fève.

— Parfaitement, fit Jacques, sans sourciller. J'ai lu les anciens livres de la Kabbale, et je n'ignore point que cette expression, les menstrues de la terre, désigne tout bonnement le gros sel...

Alors l'homme mugit et le récipient qui le coiffait tomba. Sur un crâne piriforme emplissant jusqu'au fond le seau, apparut une masse épaisse de cheveux vermillon pareils aux crins qui garnissent, dans certains régiments de cavalerie, le casque des trompettes. Il leva, tel qu'un Buddha, l'index en l'air ; de puissants borborygmes coururent dans les serpents de laine verte qui s'allongeaient sous le plafond ; les langues exaltées se promenèrent dans la gueule flétrie des veaux, en simulant le cri d'un rabot en marche ; un roulement de tambour partit des schakos en pots à beurre, puis tout se tut.

Jacques pâlit. Ah ! c'était clair ; un édit inconnu, mais dont les termes étaient formels, lui prescrivait de remettre, contre récépissé, sa montre entre les mains de cet homme, et cela sous peine des plus lents supplices ! Il le savait — et sa montre était restée à Lourps, pendue sur le mur, au fond du lit ! Il ouvrit la bouche pour s'excuser, pour demander un délai, pour supplier qu'on lui fît grâce ; — et il demeura pétrifié, sans voix, car les yeux effrayants de cet homme s'allumaient comme des lanternes de tramways, flambaient ainsi que des boules de pharmacie, éclataient enfin tels que des fanaux de transatlantiques, dans la pièce.

Il n'eut plus qu'un but, prendre la fuite ; il s'élança dans l'escalier, se trouva tout à coup au fond d'un puits bouché à son sommet, mais éclairé le long de son tube par des volets repliés de bois, disposés de même que des lames de jalousies énormes.

Aucun bruit, une clarté diffuse, une lumière d'éclipse, une lueur d'aube, en octobre, par un temps de pluie.

Il regarda. En haut des échafaudages monstrueux, des poutres enlacées, enchevêtrées les unes dans les autres, enfermaient dans une inextricable cage une grosse cloche. Des échelles zigzaguaient dans ce lacis de planches, longeaient des fermes en charpente, descendaient brusquement, se cassaient, perdaient leurs barreaux, s'arrêtaient à des plates-formes de madriers, puis remontaient, suspendues sans points d'appui dans le vide.

Sans qu'il sût comment, Jacques était installé sur une sorte de dunette, près des jalousies gigantesques qu'il comprit être des abat-son.

Je suis dans un clocher, se dit-il; il plongea en dessous de lui ; une cuve formidable de noir dans laquelle nageaient, ainsi que des pâtes d'Italie, des étoiles, des croissants, des losanges, des cœurs phosphorescents, tout un ciel souterrain, constellé d'astres comestibles, l'épouvanta; il regarda par les lames des abat-son; à des distances incalculables, il apercevait la place Saint-Sulpice, déserte, avec une boîte de décrotteur près de la fontaine. Personne, si ce n'est un sergent de ville, sans képi, chauve, arborant tel qu'un poireau sur le sommet de la tête une houppe de fil blanc. Jacques songea à réclamer son aide, à demander sa protection. Il dégringola, pour le rejoindre, le long d'une échelle, et pénétra dans une galerie labourée, plantée de potirons.

Tous palpitaient, se soulevaient enfiévrés, tiraient sur les tiges qui les attachaient au sol. Jacques eut l'immédiate perception qu'il voyait un champ de fesses mongoles, un potager de derrières appartenant à la race jaune.

Il examinait les rainures profondes, bien arquées, qui s'enfonçaient dans ces sphères aux épidermes rebondis, d'un orange vif. Puis, une curiosité infâme lui vint. Il allongea la main; mais, comme découpés à l'avance par un prévoyant fruitier, les potirons s'ouvrirent, tombèrent, divisés en tranches, montrant leurs entrailles de pépins blancs disposés en grappes dans la jaune rotonde du ventre vide.

Faut-il être bête! — et, tout à coup, sans raison, il se consterna, en songeant que des mor-

ceaux enfermés de ciel couraient sous la voûte
en pierre de cette pièce ; — et une immense pitié
le prit pour ces lambeaux de firmament sans
doute volés et internés depuis des siècles peut-
être dans cette salle. Il s'approcha d'une fenêtre
pour l'ouvrir, mais un bruit de pas et de voix se
fit entendre; on me cherche, se dit-il; le bruit se
rapprochait; distinctement il percevait le cri de
ferraille des fusils qu'on arme et des sons pesants
de crosse. Il voulut se sauver, mais la porte,
bousculée par un vent furieux, craquait. Oh!
ils étaient là derrière cette porte, tels qu'il les
devinait sans les avoir jamais vus, les démons
qu'implore, la nuit, l'aberration des filles qui se
forment, les monstres en quête de cratères nu-
biles, les pâles et mystérieux incubes, au sperme
froid! Du coup, il savait dans quel abominable
sérail il s'était égaré, car une phrase lue jadis
dans le « Disquisitionum Magicarum » de l'exor-
ciste Del Rio lui revenait têtue et nette : « Dé-
mones exerceant cum magicis sodomiam. » Avec
des magiciens! Oui, ce champ de citrouilles était

à n'en point douter un sabbat de sorciers, ac-
croupis, enfoncés en terre et se démenant pour
s'exhumer et la tête et le corps! Il recula; non,
à aucun prix, il ne voulait assister aux dégoûtantes
effusions de ces cultures animées et de ces larves!
Il fit encore un pas en arrière, sentit le sol se dé-
rober sous lui, se retrouva, étourdi, debout, dans
la tour, au bas de la cloche.

Cette cloche marchait, mais son battant ne
frappait point le métal et pourtant des sons,
étranges, s'entendaient répercutés par les échos
de la tour.

Il leva le nez en l'air et béa.

Une vieille femme vêtue d'un chapeau calèche,
d'une camisole de nankin cailloutée de taches,
d'un tablier bleu sur lequel ballottait une plaque
de marchande des quatre saisons, en cuivre, de
la forme d'un cœur, était assise, les jambes pen-
dantes, sur une poutre, et il apercevait sous ses
cottes relevées des cuisses énormes soigneuse-
ment comprimées dans de sévères bas à varices.

Sur une pochette de maître à danser, elle

jouait, en versant de grosses larmes, l'air de
« Beau grenadier que tu m'affliges » et les bou-
dins à la reine Amélie qui tirebouchonnaient le
long de ses tempes, sautaient en mesure, ainsi
que ses larges pieds chaussés de souliers en drap
rouge, d'enfant de chœur.

En face d'elle, se tenait assis, dans une
écuelle de bois posée sur un madrier, un cul-de-
jatte, coiffé d'un bassin de malade, pareil à un
béret de porcelaine blanc, habillé d'un tablier de
mioche en cotonnade, à raies, attaché derrière le
dos, laissant libres les bras, couverts, du poignet
au coude, de manchettes en percale retenues
comme celles des charcutières, par de grands
élastiques, d'un bleu très doux.

Et cet homme soufflait dans un pibroch, si
fort, que ses yeux verts disparaissaient, tels que
des points de câpre, derrière les ballons roses
portant le nom d'un magasin, formées par ses
deux joues.

Jacques réfléchissait. Il était dans un clocher
et c'était bien naturel, puisqu'étant dénué de

pain, il avait accepté cette place de sonneur dans
une église. Ce sont sans doute mes aides, se
dit-il, en contemplant les deux bizarres créa-
tures qui tapageaient, là-haut, sur des char-
pentes. Mais pourquoi pleure-t-elle ainsi, pour-
suivit-il, en regardant les cataractes salées de
larmes qui ruisselaient sur le visage désolé de la
vieille? Elle se sera disputée avec son mari, ce
cul-de-jatte, peut-être. Cette explication le satisfit.
Puis il sauta sur une autre idée. Il ne doit pas y
avoir d'eau dans cette tour, comment pourrai-je
m'y installer? Au fait, la vieille consentira sans
doute, moyennant une brève redevance, à monter
des seaux, voyons-la; il voulut la rejoindre,
s'aventura sur un madrier, mais effaré par le
vide, il fléchit, la gorge contractée, le front
mouillé de sueur. Il n'osait plus ni avancer, ni
reculer; ses reins pliaient, il tomba à quatre
pattes, se mit à cheval sur la poutre qu'il étreignit furieusement de ses deux jambes et il ferma
les yeux, car sa tête tournait; mais l'angoisse les
fit rouvrir; lentement, la poutre glissait comme

savonnée, entre ses cuisses. Il la vit diminuer,
il sentit le bout fuir sous son ventre, poussa un
cri, battit l'air de ses bras, s'abîma dans le
gouffre.

Puis, dans la rue Honoré-Chevalier, qu'il ar-
pentait, il se frappa le front. Et ma canne? se
dit-il. Au moment où il se trouvait, cet événe-
ment insignifiant prenait une importance énorme.
Il savait d'une façon péremptoire que sa vie, que
sa vie entière, dépendait de cette canne. Il
oscilla, affolé, revint sur ses pas, courut d'un
trottoir à l'autre, sans pouvoir réunir deux idées
sûres: — Mais je l'avais tout à l'heure! Mon
Dieu! Mon Dieu! où l'ai-je perdue? Ah!... une
certitude absolue s'imposait soudain. C'était là
derrière cette porte cochère entre-bâillée, là,
dans une cour où il n'était jamais venu, qu'était
sa canne! .

Il pénétra dans une sorte de puisard. Pas un
chat, mais un air peuplé de ténèbres habitées,
empli d'invisibles corps. Il comprit qu'il était
entouré, épié. Que faire? et voilà que maintenant

15.

la cour s'éclairait et que le grand mur du fond,
appuyé sur une maison voisine, se muait en une
immense paroi de verre, derrière laquelle clapo-
tait une masse turbulente d'eau.

Un coup sec, analogue à celui que frappent ces
petites machines qui timbrent les tickets dans
les bureaux de chemins de fer ou dans les om-
nibus, retentit. Ce bruit partait du mur éclairé,
en bas. Jacques scrutait le sol, quand au ras
des pavés, derrière la cloison de verre, une
tête surgit dans l'eau, une tête renversée de
femme qui monta, d'un mouvement saccadé,
lent.

Le cou émergea à son tour, puis des seins
menus, aux boutons rigides, puis tout un torse
ferme un peu fripé sous le flanc, enfin une
jambe soulevée, cachant à demi le ventre qui
palpitait, petit et renflé, un ventre aux chairs
lisses, encore épargnées par les dégâts des
couches.

Et en même temps qu'elle, s'élevaient accro-
chés dans sa hanche, les becs en fer d'un formi-

dable cric. Ces becs mordaient sa peau qui saignait, et l'eau troublée se piquait de pois rouges. Jacques chercha la figure de cette femme, la vit, d'une beauté solennelle et tragique, altière et douce; mais, presque aussitôt, une souffrance indicible, une torture silencieuse, résolue, moirèrent sa pâle face dont la bouche défiait, avec un sourire langoureux et barbare, d'une volupté atroce.

Il fut secoué, remué dans ses entrailles, s'élança pour secourir cette malheureuse, entendit subitement, derrière la cloison de verre, deux coups secs, comme le choc de deux billes sautant sur un corps dur. Et les yeux de la femme, ses yeux bleus et fixes avaient disparu. Il ne restait plus, à leur place, que deux creux rouges qui flambaient, tels que des brûlots, dans l'eau verte. Et ces yeux renaissaient, immobiles et se détachaient et rebondissaient, ainsi que de petites balles sans que l'onde traversée amortît leur son. Alternativement, de ce douloureux et doux visage, des trous cramoisis et des prunelles bleues tom-

baient, dans cette Seine en hauteur, au fond
d'une cour.

Ah! ces successions de regards azurés et d'or-
bites noyées de sang étaient affreuses! Il pante-
lait devant cette créature, splendide alors qu'elle
demeurait intacte, effroyable dès que ses yeux
décollés fuyaient. L'horreur de cette beauté
constamment interrompue et qui avoisinait la
plus épouvantable des laideurs, avec ses godets
de pourpre et ses lèvres qui, sans dévier d'un pli,
devenaient dès que l'équilibre de la face se perdait, hideuses, était sans nom. Alors, Jacques eût
voulu s'échapper, mais aussitôt que les prunelles rayonnaient en place, il voulait se jeter
sur cette femme, l'emporter, la sauver des invisibles mains qui la suppliciaient, et il restait là,
hagard, tandis que la femme montait, montait,
soutenue par ce cric qui s'enfonçait dans sa
hanche, et la becquetait plus profondément à
mesure qu'elle s'élevait.

Elle finit par atteindre le haut du mur et apparut, ruisselante, à l'air, au-dessus des toits,

dans la nuit, montrant ainsi qu'une noyée son flanc crevé par des fers de gaffe.

Jacques ferma les yeux ; des râles de détresse, des sanglots de compassion, des cris de pitié l'étouffaient ; une terreur intense lui glaçait les moelles, lui cassait les jambes.

Il regarda, malgré lui, faillit s'inanimer, s'ébouler à la renverse.

La femme était maintenant assise sur le rebord de l'une des tours de Saint-Sulpice ; mais quelle femme ! une guenipe sordide, qui riait d'une façon crapuleuse et goguenarde, un torchon coiffé en paquet d'échalotes sur le haut de la tête, les cheveux en flammes sur le front, les yeux liquides, capotés de bourses, le nez sans racine, écrasé du bout, la gueule gâchée, dépeuplée sur l'avant, cariée sur l'arrière, barrée comme celle d'un clown, de deux traits de sang.

Elle tenait tout à la fois de la fille à soldats et de la rempailleuse et elle rigolait, tapait du talon la tour, faisait de l'œil au ciel, tendait, au-dessus

de la place, les besaces de ses vieux seins, les
volets mal clos de sa bedaine, les outres rugueuses
de ses vastes cuisses entre lesquelles s'épanouis-
sait la touffe sèche d'un varech à matelas
ignoble !

Qu'est cela ? se demanda Jacques effaré. Puis,
il se remit, tenta de se raisonner, parvint à se
persuader que cette tour était un puits, un puits
se dressant en l'air au lieu de s'enfoncer dans le
sol, mais enfin un puits ; un seau de bois cerclé
de fer posé sur la margelle l'attestait du reste ;
alors tout s'expliquait ; cette abominable gaupe,
c'était la Vérité.

Comme elle était avachie ! il est vrai que les
hommes se la repassent depuis tant de siècles !
au fait, quoi d'étonnant ? la Vérité n'est-elle pas
la grande Roulure de l'esprit, la Traînée de
l'âme ? Dieu seul en effet sait si, depuis la genèse,
celle-là s'est bruyamment galvaudée avec les
premiers venus ! artistes et papes, cambrousiers
et rois, tous l'avaient possédée et chacun avait
acquis l'assurance qu'il la détenait à soi seul et

fournissait, au moindre doute, des arguments
sans réplique, des preuves irréfutables, décisives.

Surnaturelle pour les uns, terrestre pour les
autres, elle semait indifféremment la conviction
dans la Mésopotamie des âmes élevées et dans la
Sologne spirituelle des idiots; elle caressait
chacun, suivant son tempérament, suivant ses
illusions et ses manies, suivant son âge, s'offrait
à sa concupiscence de certitude, dans toutes les
postures, sur toutes les faces, au choix.

Il n'y a pas à dire, elle a l'air faux comme un
jeton, conclut Jacques.

— Que t'es donc bête! fit une voix de ro-
gomme. Il se retourna, vit un cocher de l'Ur-
baine, enveloppé dans un carrick gris, à trois
collets, avec son fouet passé autour du col.

— Tu la reconnais donc pas! mais c'est la fille
à la mère Eustache!

Jacques, surpris, ne répondait point. Alors et
bien qu'il fût de mine patriarcale, ce cocher
vociféra d'affreux blasphèmes, puis, comme pris

de démence, sauta à cloche-pied et cracha de la
sauce tomate dans le mortier d'un Président de
Cour qui se trouvait par terre, là, et, délibéré-
ment, les manches retroussées, il se rua, les
poings en avant, sur Jacques qui se réveilla, en
sursaut, dans son lit, fourbu, mourant, trempé de
sueur.

XI

Plusieurs nuits se succédèrent, des nuits où l'âme élargie de sa misérable geôle voleta dans les catacombes enfumées du rêve. Les cauchemars de Jacques étaient patibulaires et désolants, laissaient, dès le réveil, une funèbre impression qui stimulait la mélancolie des pensées déjà lasses de se ressasser, à l'état de veille, dans le milieu de ce château vide. Aucun souvenir précis de ces excursions dans les domaines de l'épouvante, mais un vague rappel d'événements douloureux traversés par d'alarmantes conjectures.

Jacques ressentait le matin une sorte de fièvre, un étourdissement d'homme ivre, trébuchant dans sa mémoire, un malaise général, une courbature

par tout le corps. Une fois de plus, il s'inquiéta
des causes qui dédoublaient ainsi sa vie et la ren-
daient tantôt incohérente et tantôt lucide. A bout
d'arguments, il se demanda, songeant à une disgrâce momentanée de Louise, si l'extraordinaire
sentence de Paracelse « le sang régulier des
femmes engendre des fantômes » n'était pas vraie ;
puis il sourit et leva les épaules, s'abstint désormais de boire des liqueurs, attendit pour se coucher que la digestion fût faite, se couvrit plus
légèrement dans le lit, et obtint, à défaut d'un
sommeil dépeuplé, des visions plus confuses et
plus douces.

Le temps étant revenu au beau, il se contraignit
à marcher, visita les villages des alentours, s'en
fut à Savin, vit un petit hameau composé de deux
allées bordées par des cahutes ceintes de haies
mortes. Il put constater que les promenades hors
du château étaient sans intérêt. C'étaient partout
de grandes routes poudreuses, plantées çà et là
de bornes kilométriques et de noyers, rayées en
l'air, souvent par le fil d'un télégraphe, bosse-

lées, tous les cent pas, par des tas de caillasses, et toutes conduisaient, après des marches plus ou moins longues, à des bourgs semblables habités par des paysans pareils.

Il fallait s'éloigner de plusieurs lieues pour gagner les bois; mieux valait encore errer dans le jardin de Lourps et dormasser à l'ombre de ses pins.

Puis il vécut des heures moins prévues et une journée plus neuve. Le curé venu, le dimanche, à Lourps, avait laissé la clef de l'église chez l'oncle Antoine, afin qu'il la pût remettre au serrurier qui devait réparer des gonds. Jacques l'emprunta.

Cette clef n'enfonçait pas dans la grande porte de l'église qui s'ouvrait, près du château, sur le chemin. Il dut contourner le portail, pénétrer dans le cimetière, enclos de palis, plein d'herbes folles et de croix en bois noir et en fonte mangée de rouille. Il chercha les sépulcres de ces Marquis dont parlait le père Antoine, mais il ne parvint pas à les trouver ; de serpigineux ulcères de

lichen et de mousse rongeaient les tombes dont
les creuses inscriptions étaient depuis longtemps
comblées ; peut-être était-ce sous l'une de ces
pierres que gisaient les restes abandonnés des
Saint-Phal?

Ce cimetière était pimpant dans le coup de
soleil qui le frappait. C'était une bagarre d'herbes, une cohue de branches au milieu desquelles
s'épanouissaient sur des tiges onglées de griffes
les boutons du rose indolent des églantiers. Dans
ce terrain, abrité par l'église, l'air paraissait plus
tiède ; des bourdons ronflaient, cassés en deux,
sur des fleurs qui se balançaient en pliant sous
leur poids ; des papillons volaient de travers
comme grisés par le vent ; quelques-uns des pigeons sauvages du château filaient à tire-d'aile
avec un cri d'étoffe.

Jacques regretta de n'avoir pas connu plus tôt
ce petit coin, si placide et si douillet ; il lui sembla que là seulement il pourrait pactiser avec ses
transes et bercer l'insomnie de ses pensées
tristes. On était si loin de tout, si caché, si seul !

Il suivit, dans les hautes berbes, un hésitant sentier qui menait à une porte creusée dans le flanc de l'église ; avec sa clef il l'ouvrit et déboucha dans une nef badigeonnée au lait de chaux.

Cette église était en longueur, sans transept simulant les bras d'une croix, formée simplement par quatre murs le long desquels de minces colonnes disposées en faisceaux s'élançaient jusqu'aux arceaux des voûtes. Elle était éclairée par des rangées de fenêtres se faisant face, des fenêtres en ogive à courtes lancettes, mais dans quel état ! les pointes des lancettes cassées, rafistolées avec des morceaux de ciment et des bouts de briques, les verrières remplacées par des vitres divisées en de faux losanges de papier de plomb ou laissées, telles quelles, vides, la voûte éraillée perdant les eschares de sa peau de plâtre, pliant, surmenée, sous la pesée du toit.

Il se trouvait dans une ancienne chapelle de style gothique démolie par le temps et mutilée par des maçons. Au-dessus du chœur, une poutre carrée traversant l'édifice, d'une croisée à l'autre,

supportait un immense crucifix dont le bas était
vissé dans la poutre par des écrous de fer. Le
Christ barbarement taillé, enduit d'une couche
de peinture rose, avait l'air d'un bandit bar-
bouillé de sang pauvre ; mal attaché sur sa croix,
il tanguait au moindre vent, en criant sur ses
clous qui jouaient; du crâne aux pieds, de longs
filets de fiente le sillonnaient, s'accumulant près
de la blessure de son flanc dont la couleur plus
épaisse faisait rebord. Les chats-huants et les
corbeaux entraient librement dans l'église par
les trous des vitres, perchaient sur ce Christ et,
battant de l'aile, le balançaient, en l'inondant de
leurs jets digérés d'ammoniaque et de chaux ! Sur
le pavé du sanctuaire, sur les stalles pourries de
bois, sur les bancs de l'autel même, c'était un
amas de blanches immondices, une vidange d'oiseaux carnivores, ignoble !

Jacques s'approcha de l'autel dont les planches
à peine rabotées s'apercevaient sous les linges
empesés par le guano et compissés par des éclats
de pluie ; il était surmonté d'un tabernacle cons-

tellé de même qu'une enveloppe de biscuits d'hospice, d'étoiles en argent sur un fond bleu, de flambeaux munis de faux cierges en carton et de vases égueulés, privés de fleurs.

Un fumet de charogne encensait l'autel. Guidé par cette odeur, Jacques passa derrière le tabernacle et vit, par terre, des restes de mulots et de souris, des carcasses sans têtes, des bouts de queues, des bourres de poils, tout le garde-manger des chats-huants, resté là, près d'une armoire de sapin entr'ouverte dans laquelle pendaient des étoles et des aubes. Il eut la curiosité de visiter cette armoire et, au-dessous du porte-manteau, il discerna, pêle-mêle, sur une planche, un cornet de pointes, le calice et le ciboire, et une boîte en fer-blanc, mal bouchée, gardant quelques hosties.

Alors il parcourut la nef et, au fond, près de la grande porte, il regarda sur les fonts baptismaux un fragment de journal qui renfermait du sel et une vieille bouteille d'eau de mélisse qui contenait des gouttes d'eau.

Ah ! tout de même, le prêtre qui laissait dans
un tel état d'abandon l'église où il célébrait des
offices était un bien singulier prêtre ! il aurait pu
du moins serrer ses pains azymes et ses vases,
se disait Jacques. Il est vrai que Dieu résidait si
peu dans cet endroit, car l'abbé gargotait les sa-
crements, bousculait sa messe, appelait son Seigneur en hâte et le congédiait, dès qu'il était
venu, sans aucun retard. C'était un service tout
à la fois télégraphique et divin, suffisant peut-
être pour les trois ou quatre personnes arrivées
de Longueville et qui n'osaient s'asseoir, tant les
bancs étaient vermoulus et sales !

Jacques allait partir lorsque ses yeux s'arrêtèrent sur le pavé du chœur ; parmi des carreaux
d'inégales grandeurs, il remarqua des dalles régu-
lières qui ressemblaient à des tables couchées de
tombes. Il s'agenouilla, les gratta, découvrit des
inscriptions en caractères gothiques, les unes
complètement usées, les autres visibles encore
autour de vagues écussons et de figures étendues
à plat, les pieds rapprochés et les mains jointes.

Il retourna au château, rapporta une écuelle d'eau et un torchon et, dans la boue qu'il frotta, les lettres remplies parurent.

Mots à mots, il déchiffra sur l'une de ces pierres :

« Cy gist Louys Le Gouz, escuyer, en son vivant Seigneur de Loups en Brye et de Chimez en Thouz. Le 21ᵉ jo de décembre mil cinq cent vingt-cinq. Pⁱ Dieu pour lui. »

Sur une autre, il lut :

« Ci gist Charles de Champagne, chevalier, baron de Lours, quy décéda le 2 de febvrier mil six cent cinquante-cinq, quy était fils de Robert de Champagne, chevalier, Seigneur de Séveille et Saincte Colombe, etc. Requiescat in pace. »

Quant aux autres, plus anciennes sans doute, elles étaient tellement effacées qu'il ne put, malgré tous ses efforts, reformer les lettres.

Il demeura un peu surpris. Personne dans le pays ne connaissait ces tombes à peine foulées, le dimanche, par un négligent prêtre, et par d'indifférentes ouailles. Il marchait sur les anciens

16

suzerains oubliés dans leur vieille chapelle du
château de Lourps. Comme cela mettait loin !
le nom même avait varié. Loups et Lours
avaient fini par se fondre et par s'écrire
Lourps. Ah ! si l'oncle Antoine permettait de
desceller les caves du château et de pénétrer par
les souterrains dans la crypte de l'église, peut-
être bien qu'on y découvrirait de curieux restes !

Il partit et, songeant à obtenir de la tante
Norine qu'elle décidât son mari à laisser pratiquer des fouilles, il se dirigea vers sa chaumière.

Mais il dut remettre à plus tard l'ouverture de
ses travaux d'approche, car la vieille grognait,
exaspérée, le nez sur un calendrier, l'oreille aux
guets, écoutant des mugissements de vache.

— L'oncle va bien ? fit Jacques.

— Oui-da. Il est là dans l'étable ; tiens, tends !

L'on entendait, en effet, une voix qui jurait et
des claquements de fouet.

— Bon Dieu de bon Dieu ! mon garçon, dit
Norine, vlà la Barrée qui n'est pas prise ! Il y a
les trois semaines passées, je compte, et elle addi-

tionnait, en suivant avec le bout de son doigt, les jours, sur l'almanach. Au reste, il y a la Si Belle qui commence à y monter dessus et c'est le signe. Depuis tant qu'hier, elle gueule, qu'elle nous empêche tout dormage. Il n'y a pas; va falloir qu'on la ramène au robin.

Et, répondant aux questions de Jacques, elle expliqua que la Barrée était une vache difficile à remplir. Presque toujours il fallait recourir au taureau et c'était ennuyeux car cela les faisait mal venir du berger qui n'aimait point qu'on lassât sa bête.

— Et puis que toi tu n'y mets pas ben la main sur le dos au moment que le robin la monte, si tant qu'avec son échine d'âne ça l'empêche de prendre, cria l'oncle Antoine qui apparut, furieux, tirant avec une corde sur la vache dont la tête beuglait en jetant, de tous les côtés, des coups de cornes.

— Ben vrai, que t'as une jolie dégaine à parler comme ça, mon homme! puisque t'es si malin vas-y donc, toi, chez François, t'y mettras la main sur le dos à ta vache, pour voir

Le vieux haussa les épaules. — Sûr que j'y vas, dit-il. — Tiens, vlà pour toi, sale carne ! et il appliqua avec le manche de son fouet un solide horion sur le crâne de la bête qui s'ébroua.

Jacques l'accompagna ; ils descendirent lentement le chemin du Feu.

—Nous avons de l'avance, fit l'oncle ; le berger, à cette heure, doit garder les vaches dans le pré ; ça ne fait rien, du reste, nous laisserons la Barrée chez lui, en passant, et nous irons le prendre.

Ils traversèrent la grande route de Bray et rejoignirent par une ruelle le village de Jutigny ; c'étaient dans chaque sente qu'ils franchissaient, des saluts et des bonjours de vieilles à marmottes, ravaudant dans le cadre d'une fenêtre qui les tranchait au buste. Sur le seuil des maisons les marmots sales comme des peignes, les cheveux dans les yeux, boudaient, en tenant dans leurs mains des tartines échancrées par des coups de bouches.

Ils s'arrêtèrent devant une chaumière neuve

précédée d'une cour dans un coin de laquelle ondulaient des roses trémières d'un rouge sang, des roses en bâtons, ainsi que les appelait l'oncle.

Ils soulevèrent le loquet d'une porte à claire-voie, attachèrent la Barrée à un poteau planté dans la cour, puis refermant la porte ils s'engagèrent, au tournant de la rue, dans une allée longée d'ormes.

Ils aboutirent à une prairie immense. Jacques demeura surpris par l'étendue de ce paysage, couché à plat, sous un firmament dont la courbe semblait atteindre la terre à l'horizon, là-bas, dans un lointain bouqueté par des touffes d'arbres.

Au milieu de cette prairie courait un sentier bordé de saules, aux troncs bas, aux feuillages bleuâtres dégageant comme une fumée dès que le vent soufflait.

En avançant, il s'aperçut qu'entre cette haie serrée de saules coulait une minuscule rivière, la Voulzie, moirée de cercles de bistre par les sauts capricants des araignées d'eau. La rivière

16.

célébrée par Hégésippe Moreau serpentait en de
silencieux et frais méandres, se lovait, à certaines
places en des boucles toutes bleues au fond desquelles frétillaient, en tournant sur eux-mêmes,
les feuillages dédoublés des rives, puis elle se
déroulait, s'allongeait en ligne droite, emmenant
avec elle tout un courant de ciel, entre ses deux
bords.

Un rayon de soleil dora le pelage du pré;
le vent accéléra la course des nuages qui se gru-
melaient comme un lait caillé, au loin, et il les
poussa au-dessus de la Voulzie dont l'azur se
pommela de taches blanches. Une odeur frigide
d'herbes, une senteur fade, légèrement salée
d'ocre, monta de ce sol vert estampé de marques brunes par les sabots du bétail.

Il passèrent la Voulzie sur un pont de planches
et alors, derrière le rideau franchi des saules,
une autre partie du pré s'étala, piétinée de toutes
parts, par un troupeau de vaches. Il y en avait
de toutes les couleurs, de toutes les nuances, des
isabelle et des bai, des blanches et des rousses,

des noires dont les irrégulières macules ressemblaient aux coulures d'un encrier versé. Les
unes, vues de face, bavaient, en beuglant, les
cornes en bras de fourche, le fanon haut, regardant de leurs yeux en lumière l'espace qui tré-
pidait dans la poudre bleutée du jour ; d'autres,
vues de derrière, montraient seulement au-dessous des deux salières de la croupe, une queue
qui oscillait telle qu'un balancier, devant les turgides amas de leurs mamelles roses.

Eparpillées dans la plaine, elles formaient une
sorte de circonférence autour de laquelle cr-
raient deux chiens-loups qui tiraient la langue.

— Vlà Papillon et Ramoneau, fit le père Antoine,
désignant les deux chiens ; le berger est là ; et,
en effet, ils l'aperçurent qui tapait, les yeux bais-
sés, avec son bâton, sur des mottes écrasées de
terre.

— Eh ben, François, ça ira-t-il ?

Il releva sa face glabre et dure, se passa la
main sur son bec d'aigle et d'une voix tout à la
fois traînante et goguenarde :

— Mais oui..., mais oui... et quoi que ça, père Antoine, j'ai idée à vous voir, que vous venez au moins vers moi pour la Barrée.

L'oncle se mit à rire.

— Là, t'entends tout, toi ; oh ! t'es pas simple, mon homme, tu vois aussitôt de quoi qu'il en retourne.

Le berger haussa les épaules.

— Ah ben c'étant ! c'est égal, je serais point outré si elle crevait ta sacrée robinière, dit-il. Il se leva, regarda le soleil, et saisissant la corne de fer-blanc qu'il portait en bandoulière, il en tira, par trois fois, des sons prolongés et rauques.

Aussitôt les chiens rabattirent les vaches en un seul tas qui fluctua ; puis, divisées en deux colonnes, elle s'éloignèrent, à la queue leu leu, par de différentes routes.

— Il prévient avec sa corne le village du retour du bestial, fit l'oncle ; et il ajouta, voyant Jacques étonné par l'indifférence de François qui ne s'occupait plus des bêtes : Oh ! elles connaissent le chemin de leur étable, il n'y a pas besoin qu'on les mène !

— Ici ! cria le berger, en s'adressant aux chiens qui grondaient, hérissés et les dents découvertes, dès qu'ils s'approchaient de Jacques.

Et ils partirent. Aussitôt arrivé à sa maison, François s'approcha de la Barrée qui meuglait, la détacha et à coups de souliers et à coups de poings, il lui enfila la tête dans une espèce de guillotine en bois, installée près de l'étable.

La vache, ahurie, ne remuait plus ; soudain la porte de l'étable s'ouvrit et une masse fauve, au mufle ramassé, au col court, à la tête énorme, aux cornes brèves, sortit lentement, retenue par un câble qui se déroulait autour d'un treuil.

Un frisson silla le poil de la vache dont les yeux s'exorbitèrent. Le taureau s'approcha d'elle, la flaira, et d'un air détaché, regarda le ciel.

— Allons, clama François qui sortit de l'étable, muni d'un fouet.

— Allons, sus, sus, sus, cadet !

Le taureau demeura calme.

— Voyons, c'est-il pour aujourd'hui?

Le taureau reniflait ferme sur ses pattes, laissant pendre sous sa croupe deux longues bourses qui semblaient rattachées au ventre par une grosse veine terminée en un bouquet de poils.

— Allons, dessus! hurla l'oncle Antoine.

De nouveau, de sa voix monotone, François siffla: Sus, sus, sus, cadet!

Et la bête continua de ne pas bouger.

— Allons, faignant, propre à rien! — Et le berger l'enveloppa d'un grand coup de fouet.

Le taureau baissa la tête, leva les uns après les autres ses quatre pieds, et sonda, d'un œil indifférent, la cour.

L'oncle s'approcha de la Barrée et lui releva la queue. Sans se presser, le taureau fit un pas, sentit le derrière de la vache, donna rapidement un coup de langue et ne remua plus.

Alors François s'élança avec son manche de fouet.

— Salaud, carcan, t'es donc bon à faire un pot-au-feu! gueulait de son côté l'oncle Antoine, en cognant à tour de bras sur la bête avec sa canne.

E; soudain le taureau s'enleva lourdement et enjamba maladroitement la vache. L'oncle lâcha sa canne, se précipita sur la Barrée dont il aplatit le dos avec ses mains tandis que du bouquet de poils jaillissait sous le taureau quelque chose de rouge et de biscornu, de mince et de long qui frappait la vache. Et ce fut tout ; sans un halète-ment, sans un cri, sans un spasme, le taureau retomba sur ses pattes et, tiré par son câble, ren-tra dans l'étable, pendant que la Barrée qui n'a-vait éprouvé aucune secousse, qui n'avait pas même exhalé un souffle, s'allégeait de peur, regar-dant, effarée, comme avec des yeux bouillis, autour d'elle.

— C'est tout cela ! ne put s'empêcher de s'ex-clamer Jacques. La scène n'avait pas duré cinq minutes.

L'oncle et le berger éclatèrent de rire.

— Ah ! çà mais, son taureau est impuissant ! dit Jacques alors qu'il revint avec l'oncle.

— Non, c'est un bon robin ; François lui donne

trop de fourrage et pas assez d'avène, mais que c'est tout de même un cadet qui flambe !

— Et c'est ainsi, chaque fois qu'on mène une vache au taureau ? c'est aussi peu désordonné et aussi court ?

— Certainement, mon homme ; le robin, il veut plus ou moins vite, mais ça ne tarde pas plus que t'as vu, une fois que ça se fait.

Jacques commençait à croire qu'il en était de la grandeur épique du taureau comme de l'or des blés, un vieux lieu commun, une vieille panne romantique rapetassés par les rimailleurs et les romanciers de l'heure actuelle ! Non, là, vraiment, il n'y avait pas de quoi s'emballer et chausser des bottes molles et sonner du cor ! ce n'était ni imposant, ni altier. En fait de lyrisme, la saillie se composait d'un amas de deux sortes de viandes qu'on battait, qu'on empilait l'une sur l'autre puis qu'on emportait, aussitôt qu'elles s'étaient touchées, en retapant dessus !

Sans dire mot, ils arpentaient maintenant la grande route de Longueville, suivis par la vache que l'oncle tirait après lui au bout d'une corde.

Tout à coup, le vieux toussa, puis se plaignit de la difficulté qu'il éprouvait à gagner de l'argent; après ses lamentations coutumières, il toussa encore et ajouta : Si seulement ceux qui vous doivent, ils tardaient pas à vous rendre, on aurait tout de même belle d'être heureux !

Jacques ne répondant pas, il appuya : J'aurais tant seulement trente francs qui me reviennent que ça me ferait ben plaisir !

— Vous les aurez demain, mon oncle, fit Jacques ; votre moitié de feuillette vous sera payée, soyez-en sûr.

— Sans doute... sans doute... mais avec les intérêts qu'on m'aurait donnés à Provins si je leur y avais porté la somme?

— Avec les intérêts.

— Ben, ben, ben, t'es un vrai homme !

Jacques ruminait tout seul. — L'argent arrivera demain sans faute ; Moran a touché les sommes qui me sont dues avant-hier. En payant, ainsi qu'il a été convenu, les termes arriérés et en

17

désintéressant les plus opiniâtres des créanciers, il a pu arrêter la saisie qui me menaçait. C'est une halte. Il doit me revenir à peu près trois cents francs ; j'ai assez, conclut-il, pour me liquider ici et pour, dans trois ou quatre jours, prendre avec Louise l'express de Belfort.

Cette idée qu'il allait enfin quitter Lourps, rentrer à Paris, retrouver son intérieur, son cabinet de toilette, ses bibelots, ses livres, le transporta ; mais quoi? ce départ ferait-il taire la psalmodie de ses pensées tristes et décanterait-il cette détresse d'âme dont il accusait la défection de sa femme d'être la cause? Il sentait bien qu'il ne pardonnerait pas aisément à Louise de s'être éloignée de lui au moment où il aurait voulu se serrer contre elle. Puis la terrible question de la vie en commun était là. Jusqu'alors, ils avaient vécu librement, dans des chambres séparées, au large ; ils s'étaient évité l'embarras des détails ridicules, la honte des soins cachés. Au château, il avait bien fallu demeurer ensemble, se coucher et se lever dans la même

pièce et, si bête que cela fût, il jugeait maintenant sa femme diminuée, éprouvait une gêne,
presque une aversion pour le contact de son
corps, à certains jours.

Dès le retour à Paris, il allait chercher un
pauvre logement et il ne pouvait raisonnablement espérer qu'il aurait, comme par le passé,
sa chambre; cette perspective de ne plus respirer
seul, au moment du repos, l'atterra. Puis il savait bien que si l'homme abdique pour les tribu-
lations intimes de la femme toute répugnance,
c'est parce que, semblable à un milieu réfringent
qui déforme la réalité des choses, la passion
charnelle illusionne et fait du corps de la femme
l'instrument de si redondantes joies que la misère de ses rebuts s'efface.

Avec Louise, malade et lasse, inquiète et
froide, aucun désir n'était plus possible; la tare
originelle de la femme restait seule, sans com-
pensation d'aucune sorte.

— Ce séjour à Lourps aura vraiment eu de bien
heureuses conséquences; il nous aura mutuelle-

ment initiés à l'abomination de nos âmes et de nos corps! se dit-il amèrement. Ah! Louise me décourage!

— Eh ben, tu ne parles plus, mon neveu? fit l'oncle.

Jacques regarda; il avait, sans y prendre garde, atteint la porte du château.

— Bonsoir, l'oncle, — je vous verrai demain; — il monta l'escalier et rejoignit sa femme en larmes.

— Voyons, qu'y a-t-il? — Et il apprit que la tante Norine avait perdu toute retenue, alors que sa nièce l'avait priée de lui prêter des draps. Elle s'y était refusée, disant qu'elle, elle ne changeait pas de draps, que d'ailleurs les siens étaient neufs et qu'il pouvait y avoir chez des Parisiens des causes qui empoisonnaient le linge. Puis elle avait en même temps réclamé l'argent de la feuillette et parlé des gens qui, lorsqu'ils ne sont pas riches, gaspillent la nourriture en la donnant au chat.

Et elle avait voulu reprendre la bête.

— Il est bon à neyer dans une mare! criait-elle et il avait fallu que Louise s'interposât entre elle et le chat dont la patte soudain élargie manœuvrait tout un jeu de griffes. Bref, elle était devenue insolente et féroce, et cela, en présence de la femme enceinte de Savin qui, venue avec sa fille pour apporter les provisions, avait d'abord adjuré Louise d'être la marraine de l'enfant à naître, puis s'était réunie à la tante Norine pour l'insulter, aussitôt qu'elle avait appris que la dame à carotter n'était pas riche.

— Non, je ne supporterai pas d'être ainsi humiliée par des paysans, dit Louise. Je veux partir.

Jacques dut la raisonner; elle finit par se calmer, mais déclara, d'un ton ferme, qu'aussitôt l'argent arrivé, elle prendrait le train.

— Soit, fit Jacques, j'en ai assez, moi aussi, de l'hospitalité du château de Lourps, et puis, partir un jour plus tôt, un jour plus tard, ça m'est égal.

— C'est ce pauvre minet qui m'inquiète, reprit Louise, en caressant le chat qui la regardait, d'un air suppliant, en tendant ses pauvres pattes. J'ai peur qu'ils ne l'assomment, dès que nous aurons le dos tourné. Laisse-moi l'emmener, dis?

— Je ne demande pas mieux, mais comment faire? s'il était seulement valide?

Et Jacques s'approcha de la bête qui se souleva péniblement et pleura dès qu'il la toucha du bout des doigts.

— Au fait, dit-il, c'est tout de même le seul être vraiment affectueux que nous ayons rencontré ici; et encore, grâce à Norine qui a pendant si longtemps frustré cet animal des rogatons qu'on gardait pour lui, c'est à peine si nous avons eu le temps de nous l'attacher!

XII

— Tu souffles?

— Oui. Et Louise, couchée sur le devant du lit, se pencha pour éteindre la bougie.

— C'est égal, dit Jacques en s'étendant de son mieux dans l'étroite couche, nous allons enfin retrouver à Paris nos paresseux matelas. Décidément, j'en ai assez de cette galette trop piquée de fèves et de ce traversin rempli d'aiguilles qui me tricotent la nuque, dès que je bouge!

Il finissait par se caler tant bien que mal dans la ruelle, lorsqu'un roucoulement enroua la chambre, un roucoulement lent et sourd qui s'éclaircit soudain et jaillit en un cri clair, d'une détresse horrible.

— C'est le chat, fit Louise, mon Dieu! qu'a-t-il?

Elle ralluma la bougie et ils aperçurent l'animal couché par terre, regardant fixement les carreaux de la chambre. Des fentes s'ouvraient dans les touffes agglomérées de son pelage devenu dur; ses oreilles aplaties rasaient le crâne, ses flancs haletaient ainsi que des soufflets de forge.

Tout à coup, des hoquets furieux l'étranglèrent; on eût dit qu'il voulait vomir ses entrailles par la bouche qui s'ouvrait démesurément et laissait pendre la langue dont la lime mouillée râpait le sol. Il suffoqua, les yeux hors du crâne, puis parvint à reprendre haleine, poussa un hurlement désespéré et des flots d'eau mousseuse jaillirent de la gueule.

A bout de forces, il s'affala, le nez dans sa bave, et ne remua plus.

Toute tremblante, Louise sauta du lit et voulut le prendre; mais des ondes coururent précipitamment sur la pointe des poils dès qu'elle tenta seulement de le toucher.

Le chat reprit enfin connaissance, hésita, regardant à gauche, à droite, essaya de se soulever sur ses pattes, finit par se mettre debout, trembla de tous ses membres, se traîna dans la pièce et se tapit dans les angles; mais il ne pouvait rester en place, fuyait ainsi que devant un péril, fixait un point du mur, d'un œil douloureux et ahuri, puis reculait et trébuchait, en miaulant de peur.

— Mimi, mon petit Mimi! — Louise l'appelait doucement. Il la reconnut et alors il gémit comme un enfant et lui jeta des regards si désolés qu'elle fondit en larmes.

Il voulut monter sur elle, mais il pouvait à peine grimper et il s'agrippait à son jupon avec ses griffes, en traînant derrière lui sa croupe déjà morte.

Il pleurait à chaque effort et elle n'osait l'aider car son pauvre corps semblait être un clavier de douleurs qui résonnait à quelque place qu'on le touchât.

Une fois installé sur ses genoux, il essaya de filer un maigre ronron, mais il l'arrêta, voulut

17.

redescendre, glissa lourdement sur ses pattes qui s'écartèrent, demeura immobile, l'échine hérissée, la queue grosse, les oreilles basses ; puis il recommença à fuir dans la chambre et le soufflet de ses flancs anhéla plus fort.

— Il va avoir une nouvelle attaque, dit Louise.

Et, en effet, les hoquets et les nausées reprirent. Il bondit sur lui-même, rejeta sa tête, fit des efforts surhumains ainsi que pour s'élancer de sa peau, retomba sur le ventre et l'écume lui sortit de la gueule et bouillonna, tandis qu'il s'étendait roide, la gueule retroussée et les crocs à l'air.

— Il est bien malade, soupira Louise.

— Ah ! ce ne sont pas, comme nous l'avions cru, des rhumatismes ; c'est bel et bien la paralysie, fit Jacques, qui, penché hors du lit, examinait le museau révulsé de la bête et la rigidité de l'arrière-train.

Une fois de plus, le chat revint à lui et se souleva ; les traits se remirent en place, la gueule s'abaissa sur les dents, mais une pâleur très

visible noyait la face et les regards faisaient mal
tant ils décelaient un désespoir infini, une souffrance atroce.

Louise arrangea en bas du lit un jupon sur lequel il s'allongea. Il paraissait absolument exténué, à bout d'énergie, rendu, presque mort. Il poussait cependant devant lui ses griffes qui sortaient
et rentraient dans les pattes crispées et il scrutait, avec des prunelles noires et vernies, la
chambre.

Puis des râles crépitèrent dans la gorge qui se
convulsa et les yeux se fermèrent.

— L'attaque est terminée, il va s'éteindre doucement, dit Jacques. Recouche-toi, tu vas à la fin
attraper du mal.

— Si j'avais seulement du chloroforme ou quelque chose pour l'achever, je ne le laisserais pas
dans de tels tourments, reprit Louise.

Ils restèrent, la lumière éteinte, sans voix,
étonnés qu'un malheureux animal pùt tant
souffrir.

— Tu ne l'entends plus? fit Jacques.

— Si, — écoute !

Le chat avait quitté le jupon, et il s'efforçait maintenant d'escalader la chaise pour de là gagner le lit. On entendait son souffle précipité et le bruit de ses ongles éraillant le bois. Puis, tout se taisait, et, tenacement, après un instant de repos, il continuait sa route, se hissant à la force des pattes, retombant, recommençant à grimper, avec des râles qu'entrecoupaient des gémissements.

Il atteignit le lit, vacilla, s'affermit, rampa entre Jacques et Louise.

Ni l'un ni l'autre n'osaient plus remuer, car le moindre mouvement provoquait de déchirantes plaintes.

Il vint les sentir, tenta encore de tourner son rouet, pour leur témoigner qu'il était content d'être auprès d'eux, puis, frappé d'une secousse, il se dressa, passa par-dessus Louise, voulut descendre du lit, culbuta, roula, avec le cri d'une bête qu'on égorge, sur le plancher.

— C'est fini, cette fois, dit Jacques ; ils eure

un soupir de soulagement. A la lueur d'une allumette, Louise vit la bête tordue, écorchant l'air
de ses griffes, vomissant de l'écume et des gaz.

Tout à coup, elle tira, terrifiée, son mari par
la main.

— Ah! vois, les douleurs fulgurantes!

Et en effet, le chat agitait en des soubresauts
désordonnés ses pattes et des fumées couraient
dans ses poils dont les ondes titillaient sans qu'il
bougeât.

D'une voix changée, elle ajouta : il les a aussi,
c'est la paralysie qui vient!

Jacques sentit un grand froid le glacer.

— Mais non, que tu es bête! Et vivement, il
expliqua que ces secousses à fleur de peau n'a-
vaient aucun rapport avec les douleurs fulgurantes dont elle parlait. Tu as une maladie de
nerfs, toi, rien de plus; que diable! de là à l'a-
taxie locomotrice, il y a loin! Au reste, la meilleure preuve, la voici : le chat a ces douleurs depuis une minute et il meurt; toi, tu les as depuis
des mois et tu es cependant ingambe! Et puis,

quelle sottise que de vouloir établir des similitudes entre des maladies d'animaux et des affec-
tions de femmes !

Mais sa voix était mal assurée. En un éclair,
il revoyait les médecins silencieux, se rappelait
leurs mines fermées, leurs regards contrits et
prudents... Eh non! ils n'y connaissaient rien,
pas plus que lui! c'était de la métrite, suivant les
uns, de la névrose, suivant les autres! C'était ils
ne savaient quoi! une de ces chloroses nerveuses
devant lesquelles, à l'heure présente, si savant
qu'il soit, chacun bafouille !

Il eut l'intuition que ses explications étaient
maladroites, que cette hâte à vouloir dissuader
était presque un aveu, que ce besoin pressant de
discuter et de convaincre révélait clairement
l'authenticité de ses craintes. Il s'irrita contre
lui-même, puis contre ce chat qui était l'involontaire cause de ces angoisses. Eh! qu'il crève!
se dit-il. Puis il se fit la réflexion qu'il était bien
inutile que Louise s'attristât à contempler l'a-
gonie de cette bête.

— Voyons, il est tard, nous ne pouvons cependant, pour cet animal, passer une nuit blanche,
surtout si nous partons demain. Le plus simple,
ce serait, je crois, de l'emmaillotter dans le jupon et de le porter dans la cuisine.

Mais il se heurta à la volonté têtue de sa femme
qui s'indigna et le traita de san-sœur.

Il se renfonça sous les couvertures en mau-
gréant. Il n'avait plus qu'un désir maintenant,
c'est que ce chat mourût. Au fond, il n'est pas à
moi, nous ne le connaissons pas, se dit-il, pour
excuser un peu l'égoïsme de ses souhaits ; ah ! et
puis, nous prenons l'express dans quelques heures ; il est vraiment temps que cela finisse !

Le chat ne remuait plus. Louise agenouillée
lui regardait les yeux, des yeux mornes, dont
l'eau dépouillée de ses pépites, bleuissait comme
glacée par un grand froid.

Elle se recoucha, navrée, et éteignit la bougie ;
et dans le silence de la pièce, chacun feignit de
dormir pour ne pas parler.

— S'il était seulement cinq heures, je me lève-

rais, pensait Jacques. Mon Dieu ! quelle nuit !
je crains que Louise ne soit irrémédiablement
frappée. Si c'était exact, pourtant ! Si les médecins m'avaient menti ! Si ces ruades étaient les
prodromes certains d'une ataxie !

Immédiatement, il aperçut les traits décomposés de sa femme, la bouche renversée crachant
des bulles, transféra les douloureux symptômes
qu'il avait vus, du chat à Louise, la vit telle
qu'elle serait à ce moment-là, dans une halluci-
nation d'une netteté atroce.

Il fut sur le point de crier, d'appeler au secours, puis il revint à lui, se raisonna, à tout prix
voulut détourner le courant de ces visions, résolut de compter de un à cent pour s'endormir. Il
se mit les bras à l'air, se découvrit le col, afin d'attraper froid et de s'engourdir ensuite, alors que
s'enfouissant sous la couverture, il aurait chaud ;
mais arrivés au nombre de vingt, les chiffres énu-
mérés descendirent tout seuls, suivirent la pente
sur laquelle il les avait lancés, et il retourna, sans
plus s'occuper d'eux, à l'horreur de ses réflexions.

— En voilà assez, se dit-il, en se rebiffant contre elles. Il toussa légèrement.

— Tu dors ? — Il s'adressait à sa femme, car il
espérait maintenant que le bruit des paroles dis-
siperait les cauchemars éveillés qui le hantaient.

— Non, fit-elle d'une voix sourde.

Alors il jasa pour lui seul, se perdit en de futiles digressions sur les paquets à faire, annotant
les objets qu'il fallait emporter, s'inquiétant de la
capacité des malles, tâchant de gagner, en quelque sorte, du temps sur la nuit ; mais ses lèvres
proféraient des sons mécaniques, marchaient seules, sans que sa pensée les dirigeât, car elle était
quand même retournée sur ses pas et avait re-
trouvé les traces du chemin que ces subterfuges
avaient vainement tenté de lui faire perdre.

Il finit cependant par se taire, par s'alourdir.
S'il ne s'endormit pas complètement, il perdit du
moins la notion de ses maux.

Réveillé brusquement, dès l'aube, il revécut la
nuit en une seconde et sauta du lit.

Et le chat ? Il le vit, immobile, écrasé, sur le

jupon, l'appela à voix basse. L'animal ne bougea aucun membre, mais des sillages coururent aussitôt le long de ses poils.

— Ma femme a raison, il faudrait avoir le courage de l'achever, se dit-il ; la pitié s'insinuait en lui devant l'interminable agonie de cette bête.

Il avait hâte de s'échapper de cette maudite chambre. Quelles nuits j'y aurai subies, pensa-t-il, une première horrible, d'autres démentielles, une dernière atroce !

Il descendit, se promena dans le jardin ; et peu à peu, à mesure qu'il marcha, sa haine de Lourps et ses souhaits de départ s'amollirent.

Il faisait si bon sur cette pelouse, si tiède derrière ces grilles ouvragées de feuilles ! Tamisé par les sapins, le vent soufflait l'odeur affaiblie des térébenthines et des gommes ; une senteur tannique d'écorce montait de la mousse remuée du sol et le tonifiait ainsi que des émanations respirées de sels. Le château, ranimé par un bain de soleil, se défublait de ses mines grognonnes, rajeunissait, s'affêtait, coquettait, pour son départ.

Ces pigeons même, si sauvages qu'on ne pouvait réussir à les toucher, se pavanaient maintenant dans la cour et le regardaient, sans fuir à son approche. C'était, en quelque sorte, un adieu câlin qu'exhalaient ces lieux abandonnés où il avait égoutté de si mélancoliques heures.

Il se sentit le cœur serré, en passant pour la dernière fois sous le berceau des allées désertes, en regardant les grelots des grappes de vignes enroulées dans les pagodes à clochettes des vieux pins. C'était fini ; le soir même, il rentrerait à Paris et son existence changerait !

Tant qu'il avait relégué jusqu'à d'indécises époques son retour, il avait, en somme, terrassé le souci de savoir comment il allait vivre. Il se répondait : je verrai, se proposait des expédients plus ou moins sûrs, ne se dupait pas par ses réponses, mais endormait ses inquiétudes, les décortiquait, les rendait indolentes, les espaçait, les usait même par des simulacres de résolutions auxquelles il parvenait presque, sur le moment, à croire.

Maintenant que le retour était certain, immi-
nent, là, il perdait tout courage et n'essayait
même plus de se tracer des plans.

A quoi bon? il pénétrait dans l'inconnu; les
seules prévisions qu'il pût raisonnablement oser,
c'étaient celles-ci : il faudrait, dès l'arrivée, se
mettre en course, visiter l'un, attendre l'autre,
renouer des relations avec des gens qu'il méprisait, afin de se procurer un travail avantageux ou
une place. Quelle série d'avanies, quelle suite
d'humiliations, je vais subir, se disait-il ; ah !
l'expiation de mes dédains utilitaires est prête !

Comme la solitude avait du bon ! ici du moins,
à part ces paysans, il ne voyait personne ! oui, il
allait pour manger du pain patauger avec les
autres, dans le répugnant baquet des foules !

Et puis, en admettant même qu'il s'habituât à
l'agitation d'une vie pauvre, que deviendrait-il
avec Louise ? Il se la figura, malade, impotente,
se représenta les abominables conséquences des
ataxies, les chaises spéciales, les toiles cirées, les
alèzes, les linges, toute l'horreur des corps iner-

tes qu'il faut servir ; je ne pourrai même point la conserver avec moi, puisque je n'aurai pas les moyens de payer une bonne. Il sera donc nécessaire que je la place dans un hospice ! Cette pensée lui fut si cruelle que ses larmes coulèrent.

C'est pourtant inutile de se désespérer ainsi, à l'avance ! enfin, quand bien même Louise reviendrait à la santé, est-ce que les attaches qui nous reliaient ne sont point rompues ? nous nous sommes trop froissés ici pour que jamais le souvenir de nos mésestimes se perde ! non, c'est bien fini ; quoi qu'il arrive, la tranquillité de nos vies est morte !

Mais, voyons, reprit-il, en s'essuyant les yeux ; ce n'est pas tout cela ; nous partons dans quelques heures et il s'agit de préparer les malles.

Il remonta dans sa chambre, trouva sa femme levée, pliant ses robes.

— Ah ! si je n'avais pas ce chat, je serais vraiment heureuse de rejoindre Paris.

— Il n'a plus pour deux heures à vivre ; regarde, l'œil est vitreux et les râles sifflent.

Il rangea les papiers, apprêta ses affaires, tandis que pour le déjeuner, sa femme allumait le feu.

Des pas retentirent subitement dans l'escalier et le facteur entra.

— Je suis venu plus tôt que d'habitude, dit-il, parce que j'ai pour vous de la bonne poste!... et il tira la lettre attendue, scellée des cinq cachets.

Une sorte de majesté s'élevait de sa face cuite et ses cheveux gris semblaient presque vénérables. L'importance de cette lettre qui contenait de l'argent le transfigurait, anoblissait jusqu'à son rire édenté de vieil ivrogne.

Il s'assit, se frotta la tête avec la paume de sa main, regarda les préparatifs à peine commencés du repas et la table vide ; visiblement, il regrettait de s'être autant pressé !

— C'est la dernière lettre que vous nous apportez, facteur, proféra Jacques, en signant le reçu ; nous partons pour Paris aujourd'hui même.

Le vieux faillit s'écrouler.

— Oh ! oh ! oh ! moi qui comptais tant que mes

Parisiens seraient encore ici jusqu'à l'hiver, oh ben
vrai, là, cette nouvelle me tournoie le cœur. Ça
me faisait trotter en plus, mais quoi que ça pouvait me faire? je venais ici, pas vrai, chez des
braves gens pas fiers; on était quasiment des
amis; ah tenez! foi de Mignot, ma petite dame,
vous pourrez dire que vous êtes regrettée, vous,
continua-t-il, d'un ton dolent que commençait à
démentir la lointaine sournoiserie de l'œil.

Enfin, c'est-il ça qui nous empêchera de boire
un dernier verre de vin à votre santé? et il gui-
gnait le litre.

Jacques eut hâte de le voir déguerpir.

— Tenez, père Mignot, voici dix francs pour
vos dérangements et maintenant, à la vôtre; il
lui tendit un verre.

D'une main, le facteur empocha les pièces et
de l'autre, se jeta, d'un trait, le vin dans la gorge;
puis il demanda la permission de se tailler une
miche, pensant, non sans raison, que l'on ne
pourrait pas le laisser ainsi manger, sans boire.

Il lampa, de la sorte, presque tout le litre, finit

par se lever, tendit sa patte sale et, d'un air attendri, déclara qu'il les attendait, l'an prochain ; puis, la mine accablée, il s'en fut, en faisant sauter les deux pièces de cent sous dans sa culotte.

— Ah çà, vous voulez donc qu'il y ait pas de lettres dans le pays ? cria l'oncle Antoine, qui parut quelques instants après le départ du facteur.

— Pourquoi cela ?

— Pourquoi ! mais parce qu'il va s'arrêter au premier cabaret et qu'il boira jusqu'à tant qu'il tombe.

— Tiens, c'est drôle, un pays ne recevant aucune lettre parce que les Parisiens ont grisé le facteur, — mais, voyons, nous n'avons pas de temps à perdre, car nous prenons l'express de 4 heures 33. — Réglons, si vous le voulez bien, nos comptes.

— L'express ! vous partez ! c'est-il Dieu possible ! comme ça ?

— Oui, j'ai reçu, ce matin, des nouvelles qui m'obligent à être à Paris, vers les six heures.

— Mais Louise, elle reste, pas vrai, ma fille ?
reprit l'oncle qui regardait, du coin de l'œil, l'argent déposé sur la table.

— Non, je pars aussi.

— Eh là, eh là !

— Voyons, fit Jacques, je vous dois combien ?

Alors le vieux tira de son gilet un papier cras-
seux, plié en quatre.

— C'est plein de chiffres, c'est Parisot qui m'a
fait le compte avec les intérêts à prendre. Vois,
mon homme, si ça te convient ?

— Parfaitement, — seulement je n'ai pas de
monnaie.

— Que ça fait ! J'ai là des pièces.

Il se leva et tira de la poche de sa blouse une
longue bourse.

Le vieux sachant que j'avais touché de l'argent a tout prévu, se dit Jacques.

L'oncle rendit la monnaie, pièce à pièce, retenant chacune entre ses doigts, grommelant :
c'est de la bonne or que je vous donne, cachant
mal une satisfaction presque narquoise, car il

18

venait de duper, une fois de plus, les Parisiens,
en faisant courir les intérêts de l'argent, non pas
du jour où il avait payé le marchand, mais bien
du jour où il avait commandé la feuillette.

— C'est-il ben ton compte ?

— Oui, mon oncle.

— Mais, mon cher garçon, si vous partez, va
falloir qu'on attelle la bourrique.

— Dame, vous me rendriez service.

— Mais oui... mais oui, mais c'est point comme
ça qu'on se quitte ; faut que vous veniez manger
un morceau chez nous.

— Mon déjeuner est prêt, dit Louise.

— V'là-t-il pas ! je vas l'emporter, nous le
mangerons alors ensemble.

Louise consulta son mari d'un regard.

— Soit ! dit celui-ci, vous avez raison, mon
oncle, c'est bien le moins qu'avant de nous sé-
parer nous trinquions ensemble.

L'oncle voulut à toute force porter le panier
dans lequel étaient entassées les provisions. Il
avait réfléchi qu'il pourrait avoir besoin de sa

nièce à Paris, et débarquer chez elle et se faire goberger, alors qu'il irait à la Chandeleur pour régler des comptes.

— Ils s'en vont! s'écria-t-il, en entrant chez lui.

Norine en laissa tomber de saisissement sa poêle.

— Ah ben c'étant! — Et elle s'arracha une larme; puis craignant d'être surtout rabrouée par sa nièce dont la mine méprisante l'inquiéta, elle tendit ses longs bras secs du côté de Jacques et, automatiquement, le baisa sur les deux joues.

— Eh là! quoi donc faire? v'là-t-il pas une nouvelle! moi qui disais comme ça, faudra pourtant que je leur fasse des tortiaux, t'entends ben, mon neveu, des crêpes sautées dans la poêle, il y a rien de meilleur! c'est-il donc malheureux! Ah! il est ben temps, que je compte, maintenant que les v'là loin!

Elle bredouilla, en apprêtant la table : ça va nous sembler vide ici — et elle pleurnicha en rinçant les verres.

— Mais que vous reviendrez vers nous, l'an prochain ?

— Certainement.

Le repas fut silencieux. Norine gémissait, le nez dans son assiette, le vieux, gêné par le mutisme de Jacques et de Louise qui demeuraient préoccupés et tristes, disait seulement : Allons, encore un coup, mon homme, en remplissant les verres et il vidait le sien, en faisant claquer ses lèvres qu'il torchait d'un revers de main.

— Nous ne pouvons nous attarder davantage, déclara Louise ; j'ai encore des affaires à ranger au château et l'heure du train approche.

— T'emporteras ben un lapin, pour voir ?

Ils eurent beau se défendre, il fallut en passer par là. La tante Norine étrangla une de ses bêtes et l'apporta, toute chaude, roulée dans de la paille.

— Tant que Louise va faire ses quatre tours, nous aurons le temps de prendre un verre de cognac, puis que nous attellerons, dit l'oncle.

Ils trinquèrent encore et Jacques, supplié,

s'engagea sans l'intention du reste de tenir sa
promesse, à écrire au vieux, dès qu'il serait de
retour dans la capitale.

Enfin le père Antoine tira la carriole d'une
grange, enfila son bourriquot dans les brancards
et ils arrivèrent, en clopinant, au château-de
Lourps.

— J'ai monté le chat en haut, dans une chambre ; je lui ai laissé le jupon pour qu'il n'ait pas
froid et de l'eau à boire, s'il avait soif. J'aime
mieux qu'il meure ainsi que de le savoir assommé par Norine avec une trique, dit Louise. Il ne
souffre plus, du reste il ne m'a même pas recon-
nue, le pauvre mimi, il est tout roide !

— Allons, nous sommes prêts, cria l'oncle, en
empilant dans la voiture les valises et les malles ;
— alors, en route ! et ils cahotèrent, jetés les
uns contre les autres, dans cette dure charrette
dont les roues sautaient, à chaque pierre.

Assis au fond, sur un tas de foin, Jacques examinait ces paysans qu'il espérait ne jamais revoir.

— Ils me consolent de quitter cette misérable

rade où j'étais presqu'à l'abri, pensait-il, car,
canailles pour canailles, je préfère tout de même
en fréquenter de plus acérées, et de plus souples.

— Dis donc, mon neveu ?

— Quoi, ma tante ?

— Si t'avais, toi ou Louise, des vêtements qui
te servent plus, on en ferait ici ses habits des
dimanches !

— Ils en manquent ben des vieux vêtements !
dit l'oncle.

Jacques, harassé, promit tout ce qu'ils voulurent.

— Que nous penserons souvent à vous encore !

— Et nous donc !

— T'es comme qui dirait ma fille charnelle,
reprit Norine, d'une voix éplorée, en regardant
sa nièce.

Enfin ! voici la gare, murmura Jacques. Alors,
après que les bagages furent descendus, les
paysans ouvrirent les bras, baisèrent avec em-
portement Jacques et Louise sur les deux joues,
en versant des larmes.

Puis quand les Parisiens furent installés dans le wagon, ils fouettèrent le baudet et, après un silence, le père Antoine dit :

— J'entends ben, moi ; j'ai écouté qu'elle racontait à Jacques qu'elle laissait un jupon pour le chat qui crève.

— Cette bêtise !

— Oui-da, qu'elle l'a dit.

— Ah ben c'étant !

Et de peur que le chat n'abîmât plus longtemps l'étoffe avec ses griffes ils se dirigèrent ventre à terre vers le château.

FIN

IMPRIMERIE ÉMILE COLIN, A SAINT-GERMAIN

www.ingramcontent.com/pod-product-compliance
Lightning Source LLC
Chambersburg PA
CBHW050150030726
47505CB00005B/1316